クリスティー文庫
34

ブラック・コーヒー
〔小説版〕

アガサ・クリスティー
（チャールズ・オズボーン小説化）
中村妙子訳

BLACK COFFEE

by

Agatha Christie

Adapted as a novel by

Charles Osborne

Translated by

Taeko Nakamura

Published 2020 in Japan by

HAYAKAWA PUBLISHING, INC.

This book is published in Japan by

arrangement with

AGATHA CHRISTIE LIMITED

through TIMO ASSOCIATES, INC.

エイモリー邸読書室

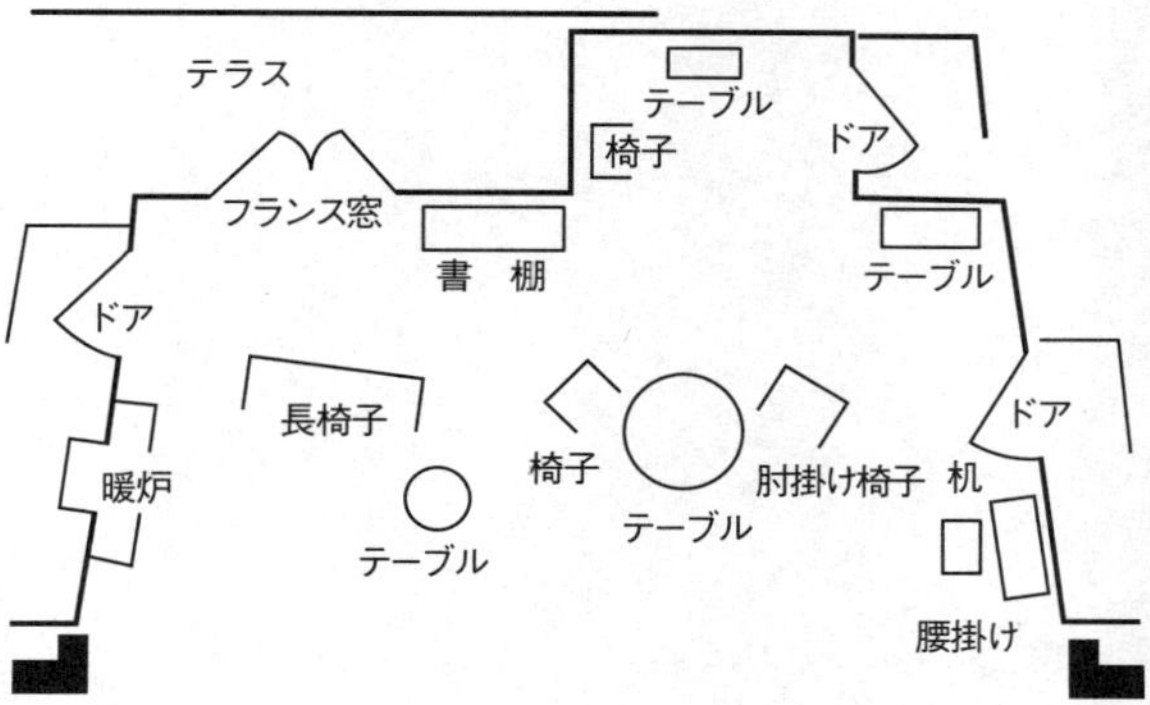
テラス
テーブル
椅子
ドア
フランス窓
書　棚
テーブル
ドア
ドア
長椅子
椅子
暖炉
肘掛け椅子
机
テーブル
テーブル
腰掛け

ブラック・コーヒー〔小説版〕

登場人物

エルキュール・ポアロ……………………………私立探偵
ヘイスティングズ大尉……………………………ポアロの友人
サー・クロード・エイモリー……………………科学者
リチャード・エイモリー…………………………クロードの息子
ルシア・エイモリー………………………………リチャードの妻
キャロライン・エイモリー………………………クロードの妹
バーバラ・エイモリー……………………………クロードの姪
エドワード・レイナー……………………………クロードの秘書
トレッドウェル……………………………………執事
ドクター・カレリ…………………………………エイモリー家の客
ケネス・グレアム…………………………………医師
ジョンソン…………………………………………警官
ジャップ……………………………………………警部

1

エルキュール・ポアロはホワイトホール・マンションのこぢんまりとした、しかしなかなか居心地のいい彼のフラットで朝食を取っていた。

ポアロはちょうどブリオッシュと熱いチョコレートの朝食を食べ終えたところだった。彼はいったん何かを決めると容易に変えないたちで、朝食についてもこれは同じだったが、けさは珍しいことに従僕《ヴァレ》のジョージにチョコレートのお代わりを所望していた。二杯目が運ばれるのを待つあいだ、彼はテーブルの上の郵便物にふたたび目をやった。

常日ごろから極端なくらい几帳面なポアロは、紙屑籠行きの封筒もきちんと重ねて置く。封筒はどれも、旧友のヘイスティングズ大尉から何年も前に誕生日に贈られたミニチュアの剣の形をしたペンナイフでていねいに開封されていた。二つ目の山はこれといって興味を感じなかった手紙や文書で、おおかたはダイレクトメール、一つ目の山の反古《ほご》の封筒とともに、いずれジョージに捨ててもらうつもりだった。三つ目の山はいちおう返事なり、少なくとも受け取ったむねを書き送らなければならない音信で、朝食後、適当に対応することになるだろうが、十時以前に手をつける気はなかった。十時前に仕事に取りかかるなんて、いやしくもプロのすることではない――そうポアロは考えていたのだったから。むろん、事件の調査にたずさわっているときはべつだ。ヘイスティングズと連れ立って夜明け前に出かけたこともあったっけ……

が、まあ、昔をなつかしむのはほどほどにしておこう。確かに昔はよかった。だがいっしょに解明に乗り出した、あの〝ビッグ4《フォー》〟と名乗る国際的な犯罪組織のからんだ事件の解決後、ヘイスティングズは愛妻の待つアルゼンチンの牧場に帰って行った。その牧場に関係している事務的な用向きでここ数週間、たまたまロンドンにきてはいるが、彼と協力して事件の解決にあたるなどということは今後もうありそうにない。

一九三四年五月の、よく晴れた水曜日の朝だった。初夏の気配さえ少し感じられだしているのに、どうにも気持ちが落ち着かないのは、ヘイスティングズがロンドンにきているからだろうか？

いちおう引退したことになってはいるが、特別に興味深い問題が起こるつど、ポアロはじっとしていられずにその後もしばしば犯罪捜査に乗り出した。ヘイスティングズを自分の考えや思いつきの、いわばたたき台がわりに、ふたたび犯罪者の嗅跡を追うというのは、ポアロにとっていまだにこたえられぬ魅力をもっていた。しかしここ数カ月というもの、プロの観点からして興味深い事件の類《たぐい》が注意を引いたことは、ただの一度もなかった。想像力を刺激するような犯罪とか、犯罪者などというものは、もはや地上から消え失せてしまったのだろうか？　事件といえば単純きわまる暴力沙汰、まともに調査に当たる気がしない、品のわるい殺人事件とか、盗難事件ばかりなんだからうんざりする……

そんなふうに情けない気持ちで思いめぐらしていたとき、チョコレートのお代わりのカップを持って、ジョージがつつましく脇に立った。濃くて甘いチョコレートの味わいもだが、ポアロは二杯目のチョコレートを飲みながら、もう数分、こうしていられるのがうれしかった。天気のいい、気持ちのいい朝なのにせいぜいのところ、公園を散策し、メイフェアをぶらぶら歩いてソーホーの行きつけのレストランに行って、ひとりでランチ――パテを少々、それに家庭料理風のシタビラメにデザートといったメニュー――を取るというのでは……

気がつくと、チョコレートをテーブルの上に置いたジョージが何か言っていた。およそ動ずることのないジョージは骨の髄までイギリス的な、無表情な男で、ポアロに仕えてもうかなりになる。彼は使用人にポアロが求めるすべての資質を備えていた。好奇心をまったく欠いているところも、どんな問題についても自分の意見を述べたがらないという点でも。同時に彼はイギリスの貴族階級についての情報を驚くほど豊富にたくわえており、そのうえ、ポアロと同じくらい几帳面できれい好きだった。

「ジョージ、ズボンのプレスにかけては、おそらくきみの右に出る者はいないだろうが、きみは想像力というものをまるで持ち合わせていないんだね」とポアロはしばしば言った。ポアロの場合、想像力は無限に豊かだった。もっともポアロ自身は、ズボンをきちんとプレスするほうが、よほど稀有《けう》な才能だと思ってはいたが。まったくの話、ジョージという優秀な従僕《ヴァレ》に恵まれている点、自分はきわめて運がいいとポアロは考えていた。

「……そんなわけでして、差し出がましいとは存じましたが、私なりの判断で、けさ、こちらからお電話すると申し上げておきました」とジョージが言っていた。

「すまない、ジョージ、ちょっとほかのことを考えていたものだからね。誰かから電話があったのかね？」

「はい、昨夜のことでございます。昨夜はミセス・オリヴァと劇場にお出かけになった後で、私もお帰り前にベッドに入っておりましたし、時刻が少々おそいことでもあり、メモをごらんに入れるまでもないと思いまして」

「誰からの電話だったのかね？」

「サー・クロード・エイモリーと仰せでした。電話番号を言いおいてお切りになりましたが、サリー州のどちらかにお住まいのようです。ちょっとデリケートな問題なので、こちらからお電話する場合、ほかの者には名乗らずに、じかにサー・クロード本人と話したいと言ってくれとのことでございました」

「ありがとう、ジョージ。電話番号のそのメモは机の上に置いてくれたまえ。《タイムズ》を読んでから電話するとしよう。まだ少々時間が早いからね。デリケートな問題がからんでいるとしても、もう少し後のほうがよかろう」

ジョージが一礼して引きさがると、ポアロはチョコレートをゆっくり飲みほして《タイムズ》を片手にバルコニーに出た。

数分後、彼は《タイムズ》を下に置いた。新聞で読むかぎり、国際情勢はあいかわらず陰鬱だった。ヒトラーはドイツの裁判所をナチ党の下部組織のようにしてしまった。ブルガリアではファシストが支配権を握った。中でもとりわけ恐ろしいニュースは、ポアロ自身の祖国ベルギーはモンスの近くの鉱山における爆発事故のそれで、四十二人の鉱山労働者が犠牲になったと報道されていた。国内のニュースも似たりよったりの、不景気なものばかりだった。ウィンブルドンのテニス大会に出場する女子選手はこの夏、関係者の危惧をよそに、ショートパンツで試合することを許されるだろうという憶測も記されていた。死亡広告もあまり慰めにはならなかった。ポアロの年齢の、いや、もっと若い人間までが死に急いでいるように見えるのはショックだった。

　ポアロは両足を小さな足台にのせ、掛け心地のいい籐椅子に身をもたせかけた。サー・クロード・エイモリー。聞き覚えのある名前だ。何かの領域で著名な人物だということは確かだが、いったい、どの方面の有名人だろう？　政治家か、弁護士か、それとも引退した官界のお偉方か？　サー・クロード・エイモリー、エイモリー……

　バルコニーは朝日をいっぱいに受けていた。ほんの短い時間なら日光浴もわるくない。しかし太陽礼賛者ではないのだから、せいぜい数分で切り上げて『紳士録』でものぞくとしよう。有名人なら、当然、『紳士録』に載っているはずだ。載っていないとすれば――？

　ポアロはひょいと肩をすくめた。

一面、度しがたい俗物《スノッブ》のポアロは、勲爵士《ナイト》の称号のせいもあってサー・クロードにたいしてすでに多分に好奇心をそそられていた。『紳士録』にはもちろん、ポアロ自身の経歴もくわしく記されている。『紳士録』にサー・クロードに関する記載があれば、彼はこのポアロの時と関心を要求する正当な権利を持つ人物だろう――というのがポアロの論理だったのだ。

そんなふうに好奇心が動き、たまたま冷たい風が吹いてきたこともあって、ポアロはバルコニーから部屋にもどって書斎に行くと参考文献の棚から、背に『紳士録』と金文字で銘打たれている、赤い表紙の分厚い一冊を取り下ろし、さっそくパラパラとページを繰ってみた。

エイモリー、サー・クロード（ハーバート）。一九二七年、勲爵士《ナイト》。一八七八年十一月二十四日生。一九〇七年、ヘレン・グレアム（一九二九年没）と結婚。息子一人。ウェイマス・グラマー・スクールからロンドン大学キングズ・カレッジ。物理学者。一九〇五年、GEC社付属研究所物理学研究員。一九一六年、イギリス陸軍工兵連隊無線部隊（ファーンバラ）に入隊。一九二一年、航空省研究所（スウォニジ）研究員。一九二四年、粒子加速に関する新しい原理を、進行波リニア加速器という形で実証。物理学会のモンロー物理学賞その他を受賞。専門誌に研究論文多数。サリー州マーケット・クレイヴ近郊、アボッツ・クレイヴ。電話マーケット・クレイヴ三〇四。アシーニアム・クラブ所属。

「ハハン」とポアロはつぶやいた。「著名な科学者か」少し前に政府の要人とかわした会話のことが記憶によみがえった。そのときポアロは、その要人の身近の政府筋の人物のために、紛失した、ある文書を取りもどしたのだった。文書の内容は、公表されれば政府の命取りになりかねない、微妙な性質のものだった。さて、その際、文書の安全管理のことが話題に上り、要人は、従来、その方面の対策が不十分であったことを認めた。

「たとえばサー・クロード・エイモリーの研究は将来、勃発する可能性のある、いかなる戦争においても未曾有の重要性を持っています。しかしサー・クロードは、彼と彼の発明にしかるべき安全管理を期しうるような状況のもとで研究を続けることを一切、拒否していましてね。田舎の自宅で、このまま、独力で研究を続行したい――そう言っているのです。安全を期するために必要な手段をまったく講ぜずに。恐ろしいことです」

『紳士録』を書棚にもどしながら、ポアロは思った。「ひょっとしたらサー・クロードは、くたびれた老番犬の、このポアロを雇おうという気を起こしたのかもしれないな。戦争に関係している発明や、秘密兵器のたぐいには私自身は何の関心もないが、もしもサー・クロードからお呼びがかかれば……」

次の間《ま》の電話が鳴った。ジョージが受話器を取ったらしかった。ほどなく、ジョージが現われた。「サー・クロード・エイモリーからでございます」

ポアロは受話器を取った。「もしもし、エルキュール・ポアロですが」

「ああ、ポアロさん、まだお目にかかってはいませんが、共通の知人はおるようで。私はエイモリー、クロード・エイモリーといいます……」

「もちろん、お名前はうかがっておりますよ、サー・クロード」

「じつはポアロさん、私は目下、ちょっと厄介な問題をかかえておるんですよ。はっきりしたことはわからんのだが、じつはこういうことなのです。私はかねてから原子に衝撃を与える方法に関する研究を進めてきたのですが——くわしいことは申しますまい——国防省も、この研究をきわめて重要視しています。研究は完了し、私は恐るべき新爆薬を製造しうる化学式を考え出すことに成功しました。ところが最近、家の者の一人がその化学式を盗み出そうとしているのではないかという疑惑をいだきはじめたのですよ。あながち根拠のない憶測でもないような気がしましてね。いまのところはこれ以上は申せません。しかし、あなたがもしもこの週末に私のお客としてアボッツ・クレイヴにおいでくだされば、その化学式をロンドンに持ち帰って国防省のある人に手渡す役を引き受けていただきたいのです。国防省からの使いにはこの仕事を託せない理由があるんですよ。私としては一見、目立たぬ、科学とはおよそ何の関係もなさそうな、しかしじつはきわめて抜け目のない人物に託したいと考えておるわけで——」

サー・クロードはなお言葉を続けたが、エルキュール・ポアロは電話の声に耳をかたむけながら、向こう側の鏡に映っている自分の卵形の頭と蠟《ワックス》で固めてととのえた口髭を、ためつすがめつしていた。この自分に〝目立たない〟というレッテルを貼るとは。そんなことを言われたためしはないし、的はずれもいいところではないか。しかし田舎で快適な週末を過ごして、著名な科学者に会う機会を得るのはわるくない。政府側も感謝の意を表するだろうし。科学的に貴重かもしれないが、まだ海のものとも山のものとも知れぬ化学式をポケットに納めて運ぶだけでいいのだから、これは結構割りのいい仕事といえるのではないだろうか。

「喜んでお引き受けいたしましょう、サー・クロード」とポアロは相手の長広舌をさえぎった。「ご都合がよければ土曜日の午後にでも参上して、ご依頼の物件を月曜日の朝、ロンドンに持ち帰るようにいたしましょう。お目にかかるのを楽しみにしております」

「奇妙だな」と受話器を置きながらポアロは首をかしげた。外国人のスパイは当然ながら、サー・クロードの化学式に関心をいだいているだろう。しかしいったい、サー・クロード自身の家の者がそんな気を起こす可能性があるだろうか？　だがまあ、週末の滞在のあいだに、もっといろいろなことが明らかになるだろう。

「ジョージ、私のツイードのスーツ、それにディナー・ジャケットとズボンをクリーニングに出しておいてくれたまえ。金曜日までにもどるように頼むよ。週末に田舎に出かけることになった」まるで中央アジアの大草原で残りの生涯を過ごすために出かけるかのように力をこめてポアロは命じた。

それから電話機に向かってある番号をダイヤルし、ちょっと待ってから言った。「やあ、ヘイスティングズ、ロンドンでの事務的な用事から二、三日、休みを取って田舎で過ごすというのはどうですか？　この季節には、田舎はたいそう気持ちがいいと思いますからね……」

2

サー・クロード・エイモリーの屋敷は、ロンドンの南東二十五マイルばかり、サリー州のマーケット・クレイヴにあった。マーケット・クレイヴは、村に毛の生えた程度の小さな町だった。

サー・クロードの屋敷アボッツ・クレイヴは広壮ではあるが、ありふれたヴィクトリア朝様式の邸宅で、ここかしこに木立の茂る、ゆるやかに起伏する数エーカーの魅力的な敷地に建ち、砂利を敷きつめた自動車道が木立と灌木の茂みのあいだを曲がりくねって玄関の前まで続いていた。家の裏手にはテラスがあって、芝生づたいに歩いて行くと、手入れがそこそこの整形式庭園《フォーマルガーデン》に出る。

エルキュール・ポアロと電話で話してから二日後の金曜日の夜、サー・クロードは彼の書斎の机に向かっていた。書斎はさして広くはないがなかなか居心地よくしつらえられており、一階の東側にあった。窓の外はすでに暗くなりかけていて、背の高い執事のトレッドウェルが数分前にディナーの銅鑼《どら》を鳴らしており、ホールを隔てた反対側の食堂に家族が集まりはじめていた。サー・クロードは指で机の上をたたいていた。これは何かの決断を迫られているときの彼の癖だった。

サー・クロードは五十代なかばの中肉中背の男で、白髪のまじりかけている髪が高い額から掻き上げられ、青い目にはいつも突き刺すように冷たい光がたたえられていた。しかしいまその目には、不安とともに不審そうな表情が浮かんでいた。

書斎のドアをつつましくノックする音がして、執事のトレッドウェルが戸口に立った。

「失礼いたします、サー・クロード、銅鑼がお耳に入らなかったのではないかと……」

「聞こえたよ、トレッドウェル、みんなには、私はすぐ行くからと言っておいてくれないか。たまたま電話中だとでも。実際のところ、至急、電話する必要があってね。給仕を始めて構わんから」

トレッドウェルが黙ってひきさがると、サー・クロードは大きく一息吸って、電話機を引き寄せ、机の引き出しから小さなアドレスブックを取り出すと、それを参照しつつ受話器を取った。電話の応答にちょっと耳をかたむけたのち、彼は「マーケット・クレイヴ三〇四番です。ロンドンの……」と、ある番号を告げて椅子の背にもたれて待った。右手の指がまたしてもいらいらと机をたたきはじめていた。

数分後、サー・クロード・エイモリーは食堂に行って、六人がすでにすわっているテーブルの主人役の席についた。サー・クロードの右側には彼の姪のバーバラ・エイモリー、その隣にはバーバラの従兄でサー・クロードの一人息子のリチャードが座を占めていた。リチャードの右隣にはその日、アボッツ・クレイヴを訪ねてきたカレリと名乗る、イタリア人の医者がいた。ドクター・カレリのそのまた右隣、サー・クロードと向かい合わせのテーブルの一方の端にはサー・クロードの妹のキャロライン・エイモリーがすわっていた。中年の独身女性で、サー・クロードの妻が数年前に他界してからというもの、この屋敷の切り盛りに当たってきた。彼女の隣席にはサー・クロードの秘書のエドワード・レイナー、さらにその隣にリチャード・エイモリーの妻のルシアがレイナーと家長のサー・クロードにはさまれる格好ですわっていた。

その夜のディナーはあまり盛り上がらなかった。ホステス役のキャロライン・エイモリーが散漫なおしゃべりの水をしきりに隣席のカレリに向けていたが、相手は丁重に受け答えはするものの、自分から話題を提供することはしなかった。あきらめたキャロラインが代わりにレイナーに話しかけると、平素いたって礼儀正しく、如才のない、この秘書はどういうわけか、さっぱり聞いていなかったようで、ハッとした様子ですまなそうに口ごもり、間《ま》がわるいのか、顔を赤らめた。

サー・クロードは食事のときはあまりしゃべらない習慣だったが、今夜はつねにもまして寡黙だった。息子のリチャードはテーブルの向こう側の妻のルシアのほうに、折々不安げなまなざしを投げていた。そんな一座の中でバーバラ・エイモリー一人が快活な気分らしく、叔母のキャロラインとときどき軽口を取りかわしていた。

トレッドウェルがデザートを給仕しはじめたときだった。サー・クロードが突然、食卓を囲む一同にも聞こえるように声を張り上げて言った。「トレッドウェル、町のジャクソン・ガレージに電話して八時五十分の列車に間に合うように、車を一台、駅に回すように言ってくれないか。ディナーの後で客が一人、ロンドンから訪ねてくることになっているのでね」

「かしこまりました、サー・クロード」と答えて、トレッドウェルがひきさがったとたん、ルシア・エイモリーが「申し訳ありません。あたし、ちょっと」と口走って唐突にテーブルから立って戸口に急ぎ、ドアを閉めようとしていたトレッドウェルとあぶなくぶつかりそうになった。

食堂を出ると、彼女はホールをそそくさと横切って読書室へと進んだ。

読書室はかなりの広さだったが、エレガントというよりは居心地よくしつらえられ、客間としても用いられていた。フランス窓からは家の前面のテラスに降り立てるようになっていて、庭の一部を見渡すことができた。もう一つのドアがサー・クロードの書斎に通じていた。大きな暖炉の上方の炉棚の上には古めかしい型の置時計といくつかの装飾品、それに、つけ木がわりの太いこよりを入れた壺が置いてあった。

読書室の家具はてっぺんにブリキ缶ののっている丈の高い書棚、電話機ののっている机と腰掛け、蓄音機とレコード類がのっている小テーブル、長椅子、コーヒー・テーブル、ブックエンドにはさんだ数冊の本をのせた中央のテーブルといったもので、ほかに固い椅子二脚、肘掛け椅子一つ、それに温室咲きの花の咲いている真鍮の鉢をのせたテーブルがもう一つあった。この部屋の家具は大体において古めかしいものだったが、とくに由緒あるものが目立つというふうではなく、アンティークとして鑑賞される類《たぐい》のものは見当たらなかった。

ルシア・エイモリーは二十五歳のうつくしい女性で、たっぷりした黒髪が肩に流れていた。同じく濃い茶色の目はときとして人の心をそそる、不思議なきらめきを宿すことがあったが、いまは何か抑えた、不可解な感情がくすぶっているかのように沈んでいた。部屋の中央でためらうようにいったん足を止めた彼女は、気を取り直したように部屋をつかつかと横切ってフランス窓の前に立ち、カーテンをちょっと分けて夜の闇のうちに目を凝らした。それからかすかな溜め息をもらし、額を冷たい窓ガラスに押しつけて物思いに沈む様子でたたずんだ。

ホールからキャロライン・エイモリーの声が聞こえた。「ルシア、ルシア、どこにいるの？」

次の瞬間、キャロラインが読書室に入ってきてルシアのそばに近よって腕を取り、長椅子のほうに進ませた。

「さ、この椅子におすわりなさいな」とキャロラインは長椅子の一隅を指さし、この義理の姪の顔を眺めて診断を下した。「気分がわるくなったのね？　でもだいじょうぶ、ちょっと休めばすぐによくなるでしょうよ」

言われるままに長椅子に腰を下ろしながら、ルシアは〝どうもありがとう〟というように弱々しく叔母にほほえみかけた。

「ええ、ほんと。もうほとんど治りかけているみたいですわ」ルシアの英語は正確すぎるくらい、正確だったが、折々聞き慣れぬ抑揚がまじって、英語が彼女の母国語でないことを示していた。「どうってことないんですの――ちょっとフラッとしただけで。ほんとにばかみたい。食事の途中で中座するなんてこと、これまで一度もありませんでしたのに、どうしたんでしょうかしら。でも叔母さまはもうあちらにおもどりになってくださいませんか？　あたしなら、もうだいじょうぶですから」

ルシアはハンドバッグからハンカチーフを取り出し、キャロライン叔母の心配そうなまなざしを意識しつつ、目をハンカチーフでちょっと拭い、バッグにもどして、もう一度、叔母にほほえみかけた。「ほんとにもうだいじょうぶですわ」

キャロライン叔母はまだ少し心配そうだった。「あなた、今夜はずっと気分が冴えないように見えましたよ」と彼女はふたたびルシアの顔を気づかわしげに見やった。

「そうでしたかしら？」

「そうですとも」とルシアと並んで腰を下ろし、「うっかり風邪でもひきこんだんじゃなくて？　イギリスの夏は気まぐれで、暖かいと思っていると背負い投げを食らいますからね」と小鳥がさえずるような声で続けた。「あなたがこれまで慣れていた、太陽がさんさんと降りそそぐ、イタリアの夏とは大違いでしょうからね。この時期のイタリアはさぞかしいいでしょうねえ」

「イタリア……」とルシアは遠くを見ているようなまなざしでつぶやきながら、ハンドバッグをかたわらに置いた。「イタリア……」

「ええ、わかるわ。ふるさとが恋しいのは当然よね、無理もないわ。たいへんな違いでしょうからね、お天気からして。習慣の違いだってあるでしょうし、それにわたしたちイギリス人は、あなたがたにはひどく冷たく見えるんじゃないかしら。そこへ行くとイタリアの方たちはねえ……」

「そんなことありませんわ、ぜんぜん！」とルシアがはげしい口調で言ったので、キャロライン叔母はちょっとびっくりしたような顔をした。

「まあま、どうしたって言うの？　少しばかりホームシックにかかったって、べつに不名誉なわけでもないでしょうに」

「でもあたし、イタリアなんて大嫌いなんですの。もともといやでたまらなかったんですから。イギリスはあたしにとって天国みたいに思えます。みなさん、とてもよくしてくださるし、ほんとに天国みたい！」

「うれしいことを言ってくれるのね。お世辞でもうれしいわ。あなたがこの屋敷で幸せいっぱい、心地よく暮らせるように、わたしたちみんな、せいぜい気をつかっていることは事実ですけどね。でもときたま、イタリアが恋しくなるのはしごく自然のことでしょうからね。あなたには、お母さまもいらっしゃらないんだし……」

「あのう……お願いですから、母のことはおっしゃらないでください」

「ええ、もちろん、申しませんよ、あなたがやめてほしいって言うならね。あなたの心をさわがすつもりはなかったのよ。ねえ、気分がすっきりするように、わたしの部屋から嗅ぎ塩でも持ってきてあげましょうか？」

「いいえ、結構ですわ。気分も、もうすっかりよくなりましたし」

「面倒なんてこと、ぜんぜんないんですからね」とキャロラインはなお食い下がった。「とてもよく効く嗅ぎ塩があるのよ。きれいなピンク色でね。かわいらしい瓶に入っていて、ツンと鼻にくるつよいにおいなの。塩化アンモニウムとか、いうのよね。それともただ塩酸でいいんだったかしら？　わたしってだめねえ、名前がちっとも覚えられなくて。どっちにしても、浴槽の洗剤とは別物よ」

ルシアはそっとほほえんだだけで、何も言わなかった。キャロライン・エイモリーは立ち上がったものの、秘蔵の嗅ぎ塩を探しにいったものか、やめておこうか、どっちとも決心がつかずに長椅子の後ろに回って、クッションの位置を直した。「そうよ、きっと風邪をひいたんだわ。けさは健康そのものだったじゃありませんか。ドクター・カレリとかおっしゃる、あの小柄なイタリア人のお医者さまに会って興奮したからじゃなくて？　あの方、あなたの古くからのお友だちなんでしょ？　前ぶれなしの、突然の訪問で、あなたにとってても少々ショックだったんじゃないかしら？」

このとき、ルシアの夫のリチャード・エイモリーが戸口に立ったが、キャロラインは気づかずにしゃべりつづけていて、ルシアがどうして急にあたふたしたのか、わからないらしかった。ルシアは長椅子の背に力なくもたれて目を閉じ、かすかに身を震わせた。「まあ、どうかして？　また気が遠くなったんじゃないでしょうね？」とキャロラインはびっくりしたように言った。

リチャードはドアを閉めて二人に近づいた。彼はいちおうハンサムな、三十歳ばかりの男で、髪の毛はくすんだ褐色、中背で、筋肉質のガッチリした体格だった。

「キャロライン叔母さん、食堂にもどってディナーをすませてください。ルシアにはぼくがつき添っていますからご心配は要りませんよ」

キャロラインはまだ心を決めかねている様子だったが、「リチャード、あなたがきてくれたのなら、わたしは失礼しましょうかね」と進まぬ口調で言って、戸口のほうにためらいがちに一、二歩踏みだした。「あなたのお父さまはいつも万事がとどこおりなく運ぶのを期待していて、ちょっとでもゴタつくのを嫌うたちだから。とくにお客が見えてるときにはね。家族の親しいお友だちならべつだけど」

キャロラインはもう一度ルシアのほうを振り返った。「わたし、ついいましがたも言ってたのよね、ルシア、ドクター・カレリって方、あなたがこのあたりに住んでいるってことも知らずにプイッとこの町に現われたって、なんだか不思議じゃなくて？　あなたがた、町で偶然行き会ったって言ってたわよね？　それで週末をこちらでどうぞとお招きしたとか。びっくりしたでしょうね。奇遇もいいところ」

「ええ」とルシアは無表情に答えた。

「ほんとに世の中って、広いようでせまいのねえ。わたし、いつもそう言ってきたけど。なかなか様子のいい方ね、あのあなたのお友だち」

「そうでしょうか？」

「もちろん、一目で外国人だってわかりますけどね。でも確かにハンサムだわ。英語も達者に話されるみたいね」

「ええ、そうですわね」

キャロライン叔母はドクター・カレリのことをもう少し話題にしたいようだった。

「どういう用件でこのあたりに見えたのか、あなた、見当がつかなくて？」

「いえ、ぜんぜん」とルシアは力をこめて言った。

リチャード・エイモリーは妻の様子にじっと目を注いでいたが、静かな口調で言った。

「きみにとってはそれこそ、うれしい奇遇だったんだろうね、ルシア？」

ルシアはハッと夫を見上げたが、何も言わなかった。

キャロライン叔母は笑顔で、相槌を打った。「ええ、ほんと。あなたがた、イタリアではずいぶん親しく行き来したんじゃなくて？　仲のいいお友だちだったんでしょうね、きっと？」

突然苦々しげな口調でルシアは答えた。「あの人、友だちなんかじゃありませんわ」

「まあ、そうだったの？　ただの知り合いってこと？　でもお泊まりくださいって言ったらすぐに受けてくださったわ。外国の人って、ちょっとずうずうしいんじゃなくて？あら、もちろん、あなたに当てつけてるわけじゃなくてよ、ルシア……」と失言に気づいて赤面しつつ、キャロライン叔母はあわててつけ加えた。「もっとも、あなたの場合はもう半分以上、イギリス人みたいなものですからね」といたずらっぽく甥を見やった。「ええ、ほんといって、ルシアはもう立派なイギリス人だわ。そうじゃなくて、リチャード？」

リチャード・エイモリーは叔母の言葉には答えずに戸口に歩みよって、ドアをサッと開けた。〝いいかげんに食堂にもどったらどうですか？〟と言わんばかりだった。

不承不承戸口に向かって歩きながら、キャロライン叔母は、「本当にわたしにしてあげられることは、もうないんでしょうかねえ？」と言った。

「ええ、べつに何もありませんよ」とリチャードはぶっきらぼうに答えた。キャロライン叔母は不本意そうな物腰でルシアにもう一度そわそわと微笑を送り、ようやく読書室から出て行った。

ホッとしたように溜め息をついてリチャードはドアを閉ざし、妻のところにもどってきた。「ペチャクチャ、ペチャクチャ、いつになったら出ていくのかといい加減、しびれを切らしたよ」

「あたしに気を遣ってくださっているだけよ、リチャード」

「だが、ああくどくどとうるさくてはまいるよ」

「あたしに好意をもってくださってるからじゃないかしら」

「え？　ああ、そりゃまあね」リチャード・エイモリーは心ここにあらずというように、ぼんやりつぶやいて、ルシアの顔をじっと見つめてたたずんでいた。ちょっと気まずい沈黙が続いたが、彼は一、二歩、妻に近よって、その姿を見下ろした。「何か、持ってきてほしいものはないのかい？」

夫を見上げて、ルシアは無理に微笑した。「べつに何も。ほんとよ、ありがとう、リチャード、あなたももう食堂にもどったほうがいいわ。あたしなら、もうすっかり元気になったからだいじょうぶよ」

「いや、このまま、きみとここにいるよ」

「でもあたしは一人のほうがいいんだけど」

またちょっと沈黙が続いたが、リチャードは長椅子の後ろに回って言葉を続けた。「クッションの具合を直そうか？　枕代わりにもう一つ重ねたら、もっとゆっくりやすめるんじゃないか？」

「このままで結構よ。そうね、ただ、外の空気をもうちょっと入れたらどうかしら？　窓を少し開けてくださらない？」

リチャードはフランス窓に近よって、掛けがねをいじった。「チェッ、いまいましいな、おやじが、例の新発明の錠前を掛けたらしい。鍵を持ってこないと開きそうにないよ」

ルシアは肩をすくめた。「開けなくてもいいわ。このままでも、どうってことないから」

リチャードはフランス窓のところからもどってテーブルの脇の椅子に腰を下ろし、身を乗り出して両肘を大腿部の上についた。「たいしたものだよ、うちのおやじは。しょっちゅう、何かしら発明しているんだからね」

「ほんと。新機軸の発明品でこれまでにも大儲けをなさったんでしょうね」

「ああ、しこたま儲けているはずだ」とリチャードは憂鬱そうに言った。「だがおやじが魅力を感ずるのは金じゃあない。科学者というのは、似たりよったりの手合でね。自分以外の人間が何の関心も感じないような、およそ現実離れのした発明に入れあげるんだからね。原子を爆発させるなんてたわごとをほざいて！」

「でもすばらしい方だわ、あなたのお父さまは」

「そりゃまあ、現代の偉大な科学者のうちに数えられるだろうがね」とリチャードはしぶしぶ認めた。「少なくとも世間はそう言っている。だが、自分の観点からしか、ものが考えられない人間なんだ、おやじは」しゃべっているうちに腹が立ってきたらしく、いらいらと言った。「とりわけ、一人息子であるぼくにたいする仕打ちはひどいものだよ」

「ええ、それはそうよね。お父さまはあなたをこの家に縛りつけていらっしゃるわ——まるで囚人みたいに。お父さまはなぜ、軍人としての経歴を打ち切らせてまで、あなたをこの家に呼びもどしたんでしょう？」

「ぼくに自分の研究を手伝わせようと思ったんだろうね。ぼくがその方面じゃ、まったく役立たずだってことくらい、とうの昔にわかってるはずなのに。父の役に立つだけの、科学的な頭脳をぼくは備えていない」

リチャードは椅子を少しルシアのほうに近づけて、ふたたび身を乗り出して言った。

「ぼくはね、ルシア、ときどきどうにもやりきれない気持ちになるんだよ。父は現に金を唸るほど持っている。その金を残らず、いまいましい実験に投じているんだからね。どのみち、ぼくのものになるはずの金の一部でもいい、ぼくに分けてくれれば、そしてこの屋敷から自由にしてくれればいいのに」

ルシアはハッと身を起こした。「お金なのよね！」と彼女は苦々しげに叫んだ。「結局はなんでも、お金の問題にもどっていくんだわ！」

「ぼくは蜘蛛の巣にひっかかった蠅だ」とリチャードは続けた。「手も足も出ない、無力な虫けらだよ！」

ルシアは懇願するようにじっと夫の顔を見つめた。「ああ、リチャード、あたしもよ。あたしもなのよ」

リチャードはギョッとしたように妻の顔を見返した。何か言おうとしたときにルシアがまた言った。「あたしもなの。手も足も出ないのよ、あたしも。出ていきたいわ、この家から！」

突然、立ち上がって夫に近よると、ルシアは興奮した口調で、「リチャード、お願いよ、手おくれにならないうちに、あたしをここから連れ出してちょうだい！」と叫んだ。

「連れ出す？」リチャードの声はうつろで、絶望的な響きをおびていた。「いったい、どこに行けるって言うんだい？」

「どこだって構わないわ」とルシアはますます興奮したように、声を振りしぼった。「世界中のどこだっていいわ。とにかくあたし、この家を出たいのよ。それが肝心のことなのよ。この家を出るってことがね！　あたし、怖いの、リチャード、怖くてたまらないのよ。この家には恐ろしい影がまつわってるわ」と肩ごしにこわごわ後ろを見返った——そうした影が実際に見えるかのように。「そこらじゅうにまつわっているのよ」

リチャードはすわったまままきいた。「一文の金もないのに、どこに行けるって言うんだね？」ルシアの顔を見上げて、彼は苦々しげな口調でつけ加えた。「すかんぴんの、しがない男が女性にとって何の役に立つと言うんだね？　そうじゃないか、ルシア、そうだろう？」

ルシアは夫の前からたじたじと後じさりした。「どうしてそんなことを言うの、リチャード？　どういう意味よ？」

リチャードはなおも黙って妻の顔を見返した。その顔は極度の緊張にひきつっていたが、不思議と無表情だった。

「あなた、今夜はどうかしてるわ、リチャード、なんだかいつもと違うみたい……」

リチャードは椅子から立ち上がった。「そうかな？」

「そうよ。どうかしたの？」

「まあね」と言いかけて、リチャードは言葉を切った。「何でもないよ。本当に何でもないんだ」

顔をそむけようとした夫を無理に振り向かせて、ルシアは両手をその肩に掛けた。

「リチャード、あたしね……」

肩に掛かっている妻の手をそっと下ろさせて、リチャードは探るようにその顔をじっと見つめた。

「ねえ、リチャード」ルシアの声には懇願するような響きがこもっていた。

両手を後ろで組んで、リチャードは妻の姿を見下ろした。

「きみはぼくが何も気づいていないと思っているのかね？　きみの旧友がきみの手にさっき、紙きれを渡したのを、ぼくが見なかったとでも？」

「まさか、あなた、とんでもない勘違いを――」

リチャードははげしい声で妻をさえぎった。「なぜ、きみはディナーの途中で席を立ったんだね？　気分がわるくなったからじゃあない。気分がどうこう言うのは口実にすぎない。きみは一人になって、愛人からの大切なメッセージを一刻も早く読みたかったんだろう。待ちきれなかったんだろう。きみはぼくらを振りきれずに、やっきになっていた。まずキャロライン叔母さんがきみのことを心配してついてきた。お次はこのぼくだ」妻を見返したリチャードの目は、誇りを傷つけられた怒りに氷のように冷ややかだった。

「リチャード、あなた、どうかしているわ。ばかげた邪推をして！　まさか、あたしがあのカレリを愛しているなんて、そんな疑いをいだいているんじゃないでしょうね？　リチャード、あたしが愛しているのはあなただけよ。そのくらい、あなたにだってわかっているでしょうに」

リチャードは目を放たずに妻を見つめていた。「じゃあ、カレリがきみにそっと渡した、あの紙きれには、なんて書いてあったんだね？」と彼は静かな口調でたずねた。

「べつに。なんてこと、ありゃしないわ」

「だったら、ぼくに見せたっていいだろう？」

「それは——それは——できないわ」ルシアはほとんどささやくように言った。「破いてしまったんですもの」

リチャードの唇に冷笑的な笑みが浮かんで消えた。「そんなはずはない。ぼくに見せたまえ」

ルシアは一瞬、答えずに、懇願するように夫の顔を見つめた。それから低い声で言った。

「リチャード、あたしを信じてくれないの？」

「力ずくでも奪おうと思えば奪えるんだよ、ぼくには」リチャードは一歩、妻のほうに近より、歯を食いしばって言った。「いっそ力ずくで……」

ルシアは弱々しい叫び声を上げて、夫の前から後じさりした。なんとしても信じてもらいたいというように真剣なまなざしを夫の顔に注ぎながら。と、リチャードは唐突に顔をそむけて独り言のようにつぶやいた。「だめだ、しようと思っても、どうしてもできないことがある」とふたたび妻の顔を見返した。「だがぼくはどうでもカレリと対決して、決着をつけるつもりだよ」

ルシアはおびえたように声を上げて、夫の腕をつかんだ。「やめて、リチャード、お願いよ。それだけはやめてちょうだい！」

「きみはきみの愛人の身を気づかっているんだね？」とリチャードはせせら笑った。

「くだらないこと、言わないで。愛人なんかじゃないわ」とルシアははげしい口調で言った。

リチャードは妻の両肩をつかんだ。「まだそうなっていないかもしれない――いまのところはね。だがひょっとしたら……」

しかしそのとき、ホールのほうで話し声がしたので、リチャードは言葉を切った。そして何とか自分を抑えて炉の前に歩みより、シガレットケースとライターを取り出すとタバコに火をつけた。そのときホールとのあいだのドアが開き、話し声が高まった。ルシアはさっきまでリチャードがすわっていた椅子のところに行って、みじめそうにすわったが、その顔は紙のように白く、両の拳をかたく握りしめていた。

このとき、キャロライン・エイモリーが姪のバーバラといっしょに部屋に入ってきた。バーバラは二十一歳。およそ気取らない、すこぶる現代風のチャーミングな娘だった。手にしたハンドバッグをぶらぶら振りながら、バーバラは部屋を横切ってルシアに近づき、快活な口調できいた。

「ルシア、気分はどう？　さっきはちょっと心配しちゃったわ。もうすっかりいいの？」

3

ルシアは無理に笑顔をつくってバーバラを迎えた。「ええ、ありがとう。おかげさまでもうすっかりよくなったわ。ほんとよ」

「ひょっとしてあなた、すばらしいニュースをご主人に伝えていたんじゃなくて?」とバーバラは従兄の妻であるルシアのうつくしい顔を見やって、からかうように言った。

「つまり、その——わかるでしょ?」

「すばらしいニュースって、どういうことかしら? あたしには何のことか……」とルシアは当惑したように言った。

バーバラは両の腕を組んで、赤ん坊を寝かしつけているように上体を揺すった。ルシアは悲しそうにほほえんで首を振り、キャロライン叔母はショックを受けたように椅子にポトンと腰を落とした。

「バーバラ、あなたったらもう!」

バーバラは涼しい顔でうそぶいた。「つまりよ、ついうっかりってこともあると思ったのよ。ルシアとリチャードのあいだに、周到な家族計画によらずに赤ちゃんが生まれるってことだって、十分ありうるでしょうからね」

キャロライン叔母はほとほとあきれたと言わんばかりに頭を振った。「まったく近ごろの娘たちときたら！　わたしの若いころには母親になるということは厳粛な事実で、軽々しく口に出すようなことではなかったものよ。わたしがいるところで、かりにも誰かが――」と言いかけて、リチャードがドアを開けて読書室から出ていくのに気づいて、バーバラに言った。「ほら、ごらんなさい！　あなたが余計なことを言うものだから、リチャードが出て行ってしまったじゃありませんか。無理もないわ」

「キャロライン叔母さま、叔母さまはそれでいいんでしょうよ。片方の足はヴィクトリア朝に突っこんでいるんですもの。なんてったって、叔母さまが生まれたときにはヴィクトリア女王はまだ先行き二十年の寿命がおありだったんだから。ええ、そうよ、叔母さまがご自分の時代の立派な代表者なら、あたしは自分の時代を代表しているってわけよ」

「どっちの時代をわたしが好んでいるか、それははっきりしていますけどね」とキャロライン叔母はキッとなって言ったが、バーバラは臆面もなくクスクス笑いだした。

「ヴィクトリア朝の人たちって、ほんとにケッサクねえ。赤ん坊はグースベリーの茂みから拾ってくるんだって、子どもたちに教えてたんですって？」

バーバラはハンドバッグを探って、ライターとタバコを一本、取り出して火をつけた。なお言葉を続けようとしたとき、キャロライン叔母が手を上げてさえぎった。

「ばかなことばかり、言わないでちょうだいな、バーバラ。わたし、ほんとにこのルシアのことが心配でたまらないんですからね。それにわたしを笑いものにするのも、いい加減にやめてもらいたいわ」

このとき、ルシアがたまりかねたように泣きだした。あふれる涙を拭おうとつとめながらも、ルシアはしゃくりあげつつ言った。「みなさん、あたしにとてもやさしくしてくださるんですのね。ここにくるまで――ええ、リチャードと結婚するまで、あたし、誰からもやさしくされたことがなかったんです。みなさんとここで暮らすようになって、あたし、ほんとにありがたくて。そう思ったら、つい泣けてきて……」

「さあさ、何も泣くことはないでしょ」とキャロライン叔母はルシアのそばに行って、その肩をやさしくたたいた。「もちろん、あなたの気持ちはわかるわ。ずうっと外国暮らしだったんですものね。若い娘さんにはどうかと思える生活よね。ちゃんとした育ち方とは言えないわ。大陸の人たちって、教育についてとても風変わりな考えを持ってるんですものねえ。さ、もう泣かないでちょうだい」

ルシアは立ち上がってちょっとためらってまわりを見回したが、キャロライン叔母に押されるように長椅子のところに行って腰を下ろした。叔母はかいがいしくクッションを軽くたたいてふくらませると、ルシアのまわりにあてがい、自分も並んですわった。

「気持ちが落ち着かないのは無理もないわ。でもイタリアのことはしばらくお忘れなさいよ。夏のイタリアの湖水地方はそりゃあすてきで、休暇を過ごすにはもってこいでしょうけれど、でもずっと暮らすには向いていないんじゃないかしら。さあ、もう泣くのはやめて」

「ルシアに必要なのは強いお酒だと思うわ」とバーバラはコーヒー・テーブルの端に腰を下ろして、ルシアの顔をためつすがめつ眺めたが、そのまなざしは投げやりな言葉と裏腹にやさしかった。「大体、この家がいけないのよ、キャロライン叔母さま。この家って時代おくれもいいとこ。この家じゃ、カクテルなんてものは拝ませてもらったことからしてないんですものね。ディナーの前のドリンクといえば、せいぜいのところ、シェリーとウイスキー。食後にはブランデーと相場が決まってる。リチャードにはちゃんとしたマンハッタンがつくれない。伯父さまの秘書のエドワード・レイナーにウイスキー・サワーをこしらえてくれって言ってごらんなさいよ、キョトンとした顔で見返すのが関の山よ。ルシアをシャンとさせるドリンクがあるとしたら、さしずめ、悪魔の頬ひげでしょうね」

キャロライン叔母はショックを隠しきれぬ面持ちで姪を見て、「何なの、その悪魔の頬ひげって?」とおっかなびっくり、きき返した。

「材料さえあれば、簡単につくれるわ。ブランデーとミント・リキュールを半々に合わせるだけよ。そうそう、レッド・ペッパーを振りこむのを忘れないで。そこが肝心なんだから。あれはイカすわ。元気が出ること、請け合いよ」

「アルコール分のまじった刺激物にわたしが賛成していないことは、あなただって、よく知ってるはずでしょうに、バーバラ」とキャロライン叔母はブルッと身を震わせた。

「わたしの父が日ごろ言ってましたけどね……」

「叔母さまのお父さまって、アルジャーノンお祖父さまよね? 日ごろ、どうおっしゃってたかは知らないけど、アルジャーノンお祖父さまが大酒飲みだったってことは、家族のあいだでは有名な話だったみたいじゃなくて?」

キャロライン叔母は姪を頭ごなしに叱りつけようとしたが、ふとその唇に微笑が浮かび、「そうね、まあ、殿方の場合はべつだってことは、わたしも認めるわ」と言った。

これはバーバラには聞き捨てならなかった。「あら、男性の場合はべつだなんて!

男を特別扱いするいわれはまったくないと、あたしは思うわ。昔は万事、男はべつってことでかたづけていたんでしょうけどね」と言いながら、バーバラはハンドバッグから小さな鏡とパフと口紅を取り出した。「いやあね、あたしの口紅、落ちちゃってる！」とうろたえたような表情を装って口紅を引きにかかった。

「バーバラったら！　そんなに塗りたくらないでちょうだい。なんてケバケバしい色でしょう！」

「ええ、せいぜい目立たなくちゃ。だって七シリングと六ペンスもしたのよ、この口紅」

「七シリングと六ペンスですって！　あきれた！　無駄づかいもいいとこじゃないの、ほんの——ほんの……」

「ほんのキス・プルーフ製品にってこと？」

「え？　なんて言ったの？」

「この口紅のことよ。キスをしても、ぜったいに落ちないんですって」

キャロラインは感心しないと言わんばかりに鼻を鳴らした。「風がつよい日に外出すると唇が荒れるってことはもちろん、わたしだって知ってますよ。ラノリンみたいな脂をちょっと塗ると荒れが防げるってこともね。ラノリンはわたしも使っているわ。でも

「……」

「ほんと言って、キャロライン叔母さま、口紅ってね、いくら塗っても塗りすぎるってことはないものなのよ。帰りのタクシーの中ですっかり落ちてしまうってこともありうるし」バーバラは鏡とパフと口紅をバッグの中にしまった。

キャロライン叔母はまた戸惑ったような顔をした。「帰りのタクシーの中で？　わからないわねえ、どうしてなの？」

バーバラは立ち上がって長椅子の後ろに回り、ルシアのほうに身をかたむけた。

「いいのよ。ルシアにはちゃんとわかってるんだから。そうよね、ルシア？」と手を伸ばしてルシアの顎をくすぐった。

ルシアは戸惑ったように振り返った。「ごめんなさい。聞いていなかったのよ。いま、あなた、何て言ったの？」

キャロライン叔母はふたたびルシアに注意を向けた。「ほんとにわたし、あなたのことが心配で。ねえ、バーバラ、こんなふうに気分がすぐれない状態が続くようなら、何か強壮剤を服《の》んだほうがいいんじゃないかしら。あなたはどう思って？　うちにはどういう薬があったかしらねえ。ほら、炭酸アンモニウムっていうの？　あれがぴったりなんだけど、あいにくメイドのエレンがけさがた、わたしの部屋ではたきを掛けていたときに、あの瓶を割ってしまって。ほんとにそそっかしいんだから、あの子って」口をキュッと結んで、バーバラはちょっと思案した。「そうだわ、あれがあるじゃありませんか！　ほら、例の病院の薬一式よ」と言った。

「病院の薬一式？　どういうこと？」

バーバラは叔母のすぐ脇の椅子にすわった。「覚えてるでしょ、叔母さま？　ほら、エドナの置き土産よ」

キャロライン叔母はパッと顔を輝かせた。「ああ、ほんと、あれがあったわね！」ルシアを振り返って、彼女は説明した。「わたしの姪のエドナにあなたも会っていればねえ。バーバラの姉で、ご主人とインドに行ってしまったのよ。あなたがリチャードとこの屋敷に見える、三カ月ばかり前のことでね。エドナはそりゃあ、有能な娘でしたっけ」

「確かに有能よね。あっちで双子を生んだばかりなのよ、彼女。インドにはグースベリーなんかなさそうだから、赤ん坊はマンゴーの木の下あたりで見つけたんでしょうね、さしずめ」

キャロライン叔母は思わずちょっと微笑した。「いい加減になさいよ、バーバラ。そのエドナはね、ルシア、戦争中、薬剤師としてここの病院で働いていたのよ。当時は公民館が病院になっていたんですけどね。戦争が終わっても、三、四年は、いいえ、結婚するまで、郡の病院の薬局につとめていて、薬のことなら、何でもよく知ってたわ。たぶん、いまでもね。専門的な、ああした知識は、インドでも貴重に違いないわ。ええと、何の話をしていたんでしたっけね？　ああ、そうそう、エドナのことだったわね。彼女、インドに行ったときに――ねえ、わたしたち、あのたくさんの薬瓶を、どこにしまったんだったかしら？」

「あたしはよく覚えてるわ」とバーバラが言った。「何年も前のこと、エドナが薬局から持ってきたものを一まとめにしたじゃないの。ほんとはちゃんと仕分けして病院に送るはずだったのよ。でもその場かぎりで、それっきりみんなが忘れて。とにかく誰も手をつけなかったのよね、屋根裏に上げたまんまで、エドナがインドに行くために荷づくりを始めたときに、ようやく思い出したってわけ。いまじゃ、そこの書棚のてっぺんにのっかってるわ」とバーバラは身ぶりで示した。「いまでも元のまんま、何が入ってるか、調べたこともないし、仕分けもしてないはずよ」

バーバラは立ち上がって、椅子を持って部屋を横切り、書棚の前に置くと、その上に乗って手を伸ばして、黒いブリキ缶を取り下ろした。

ルシアは「あたしのことなら、気になさらないで。薬なんか、要りませんから」と言ったが、バーバラはその言葉を無視して、ブリキ缶をテーブルのところに運んだ。

「ねえ、せっかく下ろしたんだから中身を点検してみようじゃないの」缶を開けて中をのぞき、「まあ、ごったまぜもいいとこ」とバーバラは薬瓶を一つ一つ、取り出し、「ヨードチンキ、バルサムチンキ、〝カード社謹製〟って書いた瓶、あら、ヒマシ油まで」と鼻をしかめた。「あらあら、こっちのはちょっと物騒な代物だわ」と茶色のガラス瓶をいくつか取り出した。「アトロピン、モルヒネ、ストリキニーネ」とラベルを読み上げた。「叔母さま、ご用心！　あたしを怒らせないようにね。怒らせたら、あたし、叔母さまのコーヒーにストリキニーネをぶちこむかもよ。そのあげく、叔母さまは苦悶の死をとげ……」とおどかすような身ぶりをした。キャロライン叔母は、もうやめてというように鼻を鳴らして手を振った。「あいにくここには、強壮剤としてルシアに使えそうなものはないわね。それは確かだわ」とバーバラは笑って、大瓶小瓶を一つ一つ、缶の中にもどしはじめた。

ホールに通ずるドアが開いたとき、彼女はモルヒネの小瓶を右手にかざしていた。ドアの脇にトレッドウェルが立ち、エドワード・レイナー、ドクター・カレリ、それにサー・クロード・エイモリーが入ってきた。

サー・クロードの秘書のレイナーは二十代の後半かと思われる、平凡な感じの青年で、バーバラの脇にたたずんで興味ありげにブリキの缶を見下ろした。「もしかして、レイナーさん、あなた、毒薬に関心がおあり?」と瓶をしまいながら、バーバラがきいた。

ドクター・カレリもテーブルに近づいた。浅黒い顔の四十がらみの男で、ぴったり体に合ったイヴニング・スーツを着ていた。ものやわらかな態度だが、その英語にはほんのわずかながらイタリア訛があった。「おやおや、これは何ですか、ミス・エイモリー?」

サー・クロードは戸口でちょっと足を止めて、トレッドウェルに念を押した。「私の指示はわかっているね?」

「はい、よくわかっております」と執事は答えた。

トレッドウェルが立ち去ると、サー・クロードはカレリのところに歩みよった。「失礼して書斎にひっこみますが、ごゆっくりなさってください。今夜のうちに送らなければならない重要な手紙が数通あるものですから。レイナー、いっしょにきてくれるね」

レイナーがサー・クロードのあとにしたがって、書斎に入って行き、ドアが彼らの後ろで閉まったとき、バーバラが手にしていた小瓶を取り落とした。

4

ドクター・カレリはすばやく進み出て、バーバラが落とした小瓶を拾い上げ、慇懃に一礼して返そうとして、ラベルをちらっと見た。「驚きましたね、モルヒネではありませんか！」ついでテーブルからべつの小瓶を取り上げた。「これはストリキニーネです！　お嬢さん、死神の使者のようなこうした薬を、いったい、どこで入手なさったのか、お差し支えなかったら聞かせていただきたいですね」こう言って彼はブリキ缶の中身を、点検しはじめた。

バーバラはこの如才のないイタリア人の医師を少々不愉快そうに見やって、「戦利品ですわ」とちょっと唇をゆがめて笑った。

あたふたと立ち上がって、キャロライン・エイモリーはドクター・カレリに近づいた。

「本物の毒薬じゃございませんでしょう、ドクター？　こんなものが人に危害をおよぼすなんて、まさか、そんなこと。第一、そのブリキ缶は、もう何年もこの家に置いてあったんでございますよ。この中の薬はどれも無害でございましょう？」

「あなたがどういうものを有害とお考えになるか、もちろん、私にはわかりかねますが」とカレリは無表情に言った。「ここにあるものだけでも、屈強な男がゆうに一ダース、殺せるでしょう」

「まあ、恐ろしい！」とキャロライン叔母は小さく喘いで後じさりし、倒れこむように椅子にすわった。

「たとえばこれです」とカレリは一座を見まわして、「これなど、大いに興味をそそりますな」と小瓶の一つを取り上げてゆっくりした口調でラベルを読み上げた。「塩化ストリキニーネ。これを十六分の一グレーン——ということはこの錠剤、七、八錠ですが——を服用した人は、すこぶる不快な形で死を迎えることになるでしょう。さよう、この世からおさらばする方法としてはたいへんな苦痛を伴うもので、お勧めいたしかねます」彼はさらにべつな小瓶を取り上げた。「これは硫酸アトロピンです。アトロピン中毒はときとしてプトマイン中毒と区別がつきにくいのですが、苦痛な死にかたをするという点では変わりありません」

二つの小瓶を缶にもどして、カレリはさらに小瓶をもう一つ取り上げて、「しかしながらここに——」ときわめてゆっくり、意味ありげに言った。「ヒオスシン・ハイドロブロマイド、臭化ヒオスシンがあります。百分の一グレーンといえばたいして強力とも思われないでしょう。ですが、この小瓶の中の錠剤の半量を服用しただけで……」と芝居がかった身ぶりをした。「苦痛は伴いません――まったく。しかしすみやかな、夢一つ見ない眠りが訪れます。目覚めることのない眠りです」こう言いつつ、カレリはルシアのほうに進み出て小瓶を差し伸べた――手に取って見たらいいと勧めるように。顔は笑っていたが、目には笑いの影もなかった。

ルシアは魅せられたようにその小瓶を見つめて片手を差し出し、催眠術にでもかけられているような、ぼんやりした声でつぶやいた。「すみやかな、夢一つ見ない眠り……」

それをルシアに渡すかわりに、カレリはもの問いたげにキャロライン叔母のほうに目を走らせた。キャロライン叔母はブルッと身を震わせて、いやな顔をしたが何も言わなかった。カレリはひょいと肩をすくめて、ルシアから顔をそむけた。彼の手にはまだ、臭化ヒオスシンの小瓶が握られていた。

このとき、ホールとのあいだのドアが開いて、リチャード・エイモリーが入ってきた。一言も口をきかずに彼は机のところに行ってすわった。リチャードに続いて執事のトレッドウェルが入ってきた。コーヒーカップとソーサー、それにコーヒーポットをのせた盆を持っていた。盆をコーヒー・テーブルの上に置いてトレッドウェルがひきさがると、ルシアが長椅子に席を移してコーヒーをつぎにかかった。

バーバラはルシアのところに行き、彼女がついだカップ二つを取って、リチャードに近づいて一つを渡し、もう一つを手に腰を下ろした。カレリはというと、部屋の中央のテーブルの上に置いたブリキの缶の中に小瓶の類をもどしていた。

キャロライン・エイモリーがそれを見て言った。「ドクター・カレリ、あなたがすみやかな、夢一つ見ない眠りとか、不快な形で死を迎えるとか、怖いことをいろいろおっしゃるもので、わたし、ぞっとしてしまって。イタリア人でいらっしゃるから、毒薬のことにはおくわしいんでしょうねえ」

「おやおや」とカレリは笑った。「それはひどく不当な――さよう、こちらでよく言われる、不条理《ノン・セクウイター》なおっしゃりようではありませんかな？　イタリア人が毒薬について、イギリスの方よりもくわしいというのはどんなものでしょうか？」と冗談めかした口調で続けた。「よく申しますね――毒薬は男性よりもむしろ女性の凶器だと。そこでうかがいたいんですが――いや、おそらくあなたはイタリア人の特定の女性のことをお考えなんでしょう。ボルジア家のさる女性の名を上げようとなさったのでは？　いかがでしょう？」カレリはコーヒー・テーブルのルシアの手からカップを引き取って、それをキャロラインに渡し、ふたたびもどって今度は自分のためにカップを一つ取った。

「ルクレツィア・ボルジア——でしたわね？　恐ろしい女。ええ。わたし、彼女のことを考えていたんだと思いますわ」とキャロライン・エイモリーはうなずいた。「彼女の出てくる夢を確かにわたし、子どものころ、よく見てはうなされたものでしたっけ。青ざめた顔の、背の高い女性の面影をね。そう、ルシアに似た漆黒の髪の女性の夢を」

カレリは砂糖壺を持ってキャロラインの前に立ったが、キャロラインが首を振ったので、それを盆の上にもどした。リチャード・エイモリーはカップを下に置き、机の上から雑誌を取ってパラパラとめくって拾い読みしはじめた。キャロラインはお気に入りのボルジア家と毒薬の主題についてさらに続けた。

「ほんとですのよ、わたし、よく怖い夢を見たものでしたのよ。大人ばかりの部屋に子どものわたしが一人だけ、ぽつんとすわっているんですの。大人たちはみんな、装飾をほどこした脚つきグラスをかたむけている。するとそのグラマーな女性が——ええ、確かにあなたによく似ていたわ、ルシア——わたしに近づいてグラスを無理に押しつけるの。その口もとに漂っている微笑を見て、わたし、これを飲んだら最期って直感するんですけど、でも断わることはできないってわかっていて。どういうのかしら、気がついたら催眠術にかかったみたいに、そのグラスのお酒を飲んでいるんですの。そのうちにのどがヒリヒリと焼けつくような感じがして、息苦しくなって……そのあげく、もちろん、目が覚めて」

カレリはルシアに近づき、その前に立って皮肉に一礼した。「うるわしき、わがルクレツィアよ、どうか、われらにお慈悲を！」

ルシアはその軽口には応えず、というより何も聞こえなかったかのように、ぼんやりと物思いに沈む様子で前方を凝視していた。気まずい沈黙が続いた。一人笑いに口もとをゆがめながら、カレリはルシアに背を向けてコーヒーを飲み、中央のテーブルの上にカップを置いた。バーバラはコーヒーを一気に飲みほして、どうやら気分の転換が必要だと気づいたらしかった。

「ちょっとレコードでも聞かない？」と言いながら彼女は蓄音機のところに行った。「何にしましょうか？　そうそう、ついこのあいだ、あたしが買ってきたレコードがあったわ」とジャズめいた歌に合わせて、軽くステップを踏みはじめた。「〝アイキー、オー、クライキー、おい、きみ、それを脱いだら？〟っていうのはどう？　それとも何かもっとパンチの利いたやつがあるかしら」

「まあ、バーバラ、そんな下品な歌はごめんだわ！」とキャロライン叔母があわてて近づいて、積み重ねたレコードを一枚一枚、手に取って検討しはじめた。「もっとずっと感じのいいレコードがいくらもあるじゃありませんか。ポピュラーなものがよければ、ジョン・マコーマックのすてきな歌がここにあってよ。あら、これは違うわね。とにかく、どこかにあるはずよ。それとも《聖なる都》はどう？　あれを歌っているソプラノ歌手の名前、ちょっと思い出せないけど。それともあのすてきなメルバの歌曲は？　まあ、ヘンデルの《ラルゴー》があるわ」

「いやあね、キャロライン叔母さま、ヘンデルの《ラルゴー》じゃ、とてもじゃないけど元気づくってわけには行かないわ。クラシックがいいなら、ここにイタリア・オペラがあるわ。ドクター・カレリ、イタリア・オペラならお宅のお得意の領域じゃありませんかしら？　お願いですわ、手伝って選んでくださいな」

カレリは二人の仲間入りをしてレコードの品定めを始めたが、リチャードは一心に雑誌に読みふけっているように見えた。

一方、ルシアは立ち上がってべつに何をしようというのでもなさそうに、部屋をゆっくり横切って中央のテーブルに歩みより、ブリキ缶をちらっと眺めてたたずんだ。ややあって誰も見ていないと見きわめて、彼女は缶の中から小瓶を一つ取って〝臭化ヒオスシン〟というラベルを確かめる様子だったが、小瓶の蓋《ふた》を取って、中の錠剤をほとんど全部、片方の手のひらにあけてしまった。ちょうどそのとき、サー・クロードの書斎とのあいだのドアが開き、秘書のエドワード・レイナーが戸口に立った。彼はそこで足を止めて、ルシアが小瓶をブリキ缶にもどす様子にそれとなく目をそそいでいた。ルシアはふたたび、コーヒー・テーブルの前にもどった。

ちょうどそのとき、サー・クロードが書斎から声をかけた。何を言っているのか、ほかの者にははっきり聞こえなかったが、レイナーは書斎のほうに向き直って、「承知しました。コーヒーはすぐお持ちします」と答えた。

レイナーが読書室にもどろうとしたとき、サー・クロードの声がまた聞こえた。「マーシャル宛ての手紙はどうしたね？」

「午後の便で発送しておきました、サー・クロード」

「しかし、レイナー、私は言ったはずだよ、つまり——とにかくこっちにもどってくれ」とサー・クロードは苛立っているように大声を張り上げた。

「申し訳ありません」書斎にもどって行きながら、レイナーが謝るのが聞こえた。レイナーの声を耳に留めて振り返ったルシアはしかし、秘書がついいましがた彼女の行動を見守っていたことに気づいていないらしかった。夫のリチャードに背を向けて立ち、ルシアは手の中の錠剤をテーブルの上のコーヒーカップの一つに残らずあけると長椅子の前に行った。

このとき、蓄音機が突然鳴りだした。テンポの速いフォックストロットの調子のいいメロディーだった。リチャード・エイモリーは読みさしの雑誌を下に置くとコーヒーをグッと飲みほして、カップを中央のテーブルの上に置き、やおら妻に近づいた。

「きみの言うことを信じるよ。覚悟を決めた。いっしょにこの家を出よう」

ルシアは驚いたように夫を見上げた。「リチャード」と彼女は声を殺して言った。

「本気なの、あなた？　ほんとにここから出て行けると思って？　あなた、言ったじゃありませんか――お金がなくてはって……お金はどうするつもり？」

「金を手に入れる方法はあるさ、いつだって」とリチャードはしゃがれ声で言った。

「どういうこと？」とルシアはハッとしたように問い返した。

「ぼくはきみを狂おしいほど、愛しているんだよ。男が女をそんなふうに愛しているときには、何だってやろうという気持ちになるものだ。本当に何でもね！　わかるかい？」

「そんなことを聞かされても、あたし、べつにうれしくなったりはしなくてよ」とルシアは答えた。「だってそれによって、あなたがあいかわらず、あたしを信用していないってこと、あたしの愛をお金で買わなければならないと思っているってことがはっきりしただけなんですもの」

急に言葉を切って、ルシアはまわりを見回した。そのとき、書斎とのあいだのドアが開いて、エドワード・レイナーがもどってきた。レイナーはコーヒー・テーブルのところに行って、カップを一つ取った。ルシアは長椅子のもう一方の端に席を移した。リチャードのほうはむっつりした面持ちで暖炉に歩みより、火の気のない炉を見つめてたたずんでいた。

バーバラは一人でフォックストロットのステップを踏みながら、ダンスに誘おうか、どうしようかというように従兄の顔を眺めたが、硬い、その表情にはねつけられたのだろう、レイナーに向かって言った。「踊らない、レイナーさん？」

「いいですね、ミス・エイモリー。ただしちょっと待ってくださいますか？　サー・クロードにコーヒーをお持ちしますので」

ルシアが長椅子から突然立ち上がって早口に言った。「レイナーさん、それ、サー・クロードのコーヒーじゃありませんわ。あなた、間違えてお取りになったのよ」

「そうでしたか？　どうもすみません」

ルシアはべつなカップをテーブルから取り上げて、レイナーに差し出した。二人はカップを交換した。「そっちのがサー・クロードのですわ」こう言って、ルシアは謎めいた笑いをもらし、レイナーから渡されたカップをコーヒー・テーブルの上に置いて、ふたたび長椅子にすわった。

ルシアに背を向けて、レイナーはポケットからこっそり錠剤を取り出して、手にしているカップの中に落とした。しかし彼が書斎のドアのほうに歩きだしたとき、バーバラが「ねえ、あたしと踊ってちょうだいよ、レイナーさん」と婉然とほほえみかけた。「ドクター・カレリを無理にも誘おうと思ったんだけど、あちらさんはルシアと踊りたくてたまらないようだから」

レイナーは心を決めかねてもじもじしていたが、このとき、リチャード・エイモリーが近づいて言った。「どうせなら早いとこ、バーバラの御意《ぎょい》に従ったほうがいいよ、レイナー、いずれは誰もが従うんだから。さあ、カップをこっちによこしたまえ。おやじのところにはぼくが持って行く」

レイナーはリチャードがカップを取り上げるのを、不本意そうに見ていたが、リチャードは彼に背を向けてちょっと足を止めたのち、父親の書斎に入っていった。蓄音機の上のレコードをひっくり返してから、バーバラとエドワード・レイナーは互いの腕に身を委ねてワルツの調べに合わせてゆったりしたテンポで踊りはじめた。カレリは寛容な笑みを浮かべてちょっとのあいだ、二人を見守っていたが、ふと向きを変えて、あいかわらず長椅子の一方の端に沈んだ表情ですわっているルシアに近づいた。

「ミス・エイモリーがご親切に、週末をこちらで過ごしてはとおっしゃってくださって感謝しております」

ルシアはカレリの顔を見上げて数秒ばかり黙っていたが、やっとぽっつり言った。

「キャロライン叔母さまって、とっても親切な方ですから」

「それにこちらのお宅はたいへんチャーミングですね」と言いながら、カレリは長椅子の後ろに立った。「一度、すっかり案内していただきたいものですね。私はヴィクトリア朝様式の家屋の建築に大きな関心を持っているんですよ」

カレリがしゃべっているあいだに、リチャード・エイモリーが父親の書斎からもどってきた。妻とカレリを無視してリチャードは中央のテーブルに近づき、ブリキ缶の中身を整理しはじめた。

「キャロライン叔母さまだったら、この屋敷について、あたしよりずっといろいろなことをお話しできると思いますわ、ドクター・カレリ」とルシアが答えた。「あたしはそういうことは不案内ですから」

リチャード・エイモリーがブリキ缶の中の薬の整理に没頭していること、エドワード・レイナーとバーバラが部屋の隅のほうで踊っていること、キャロライン・エイモリーがどうやらこくりこくりと居眠りをしているらしいということを見て取って、カレリは長椅子の前に回ってルシアの隣にすわり、低い声で、しかし有無を言わせぬ語調でささやいた。「私が頼んだことはやってくれたんでしょうね？」ルシアは呻《うめ》くように言った。「あなたいっそう低い、ほとんどささやくような声で、ルシアは呻くように言った。「あなたには、ひとかけらの思いやりもないんですの？」

「私が命じたとおりにしたんだろうね？」とカレリはなお迫った。

「あたし——あたし——」とルシアは口ごもりながら立ち上がって、唐突にカレリに背を向けて、ホールに続くドアに急ぎ足で歩みより、ハンドルを回してドアが開かないのに気づいた。

「このドア、どうかしていますわ」と彼女は部屋の中の人々を振り返った。「ハンドルを回しても開かないみたい」

「どういうこと？」とバーバラがレイナーと踊りつづけながら、きいた。

「ドアが開かないのよ」とルシアは繰り返した。

バーバラとレイナーは踊りを中止して、ルシアが立っているドアのところに行った。リチャード・エイモリーは蓄音機に近よって電源を切り、戸口に立っている三人に合流した。四人はかわるがわるドアを開けようとしたが、ドアはビクともしなかった。居眠りをしていたキャロライン叔母もすっかり目を覚まして、すわったまま、その場の様子に目を注いでいた。カレリは書棚のそばにたたずんでいる。

このとき、サー・クロードがコーヒーカップを手に、誰にも気づかれずに書斎から出てきて、戸口に集まっている人々を眺めた。

「奇妙ですねえ！」とレイナーがドアを開けようという努力をなげうって、振り返って言った。「どういうわけか、貼りついたように動きません」

それに答えるように、突然、サー・クロードの声が響いて一同をギョッとさせた。

「いや、貼りついているわけではない。鍵をかけてあるのだ。外側から鍵をかけたのさ」キャロライン叔母が立ち上がって兄に近づいて何か言おうとしたが、サー・クロードはその先を越して言った。「私の命令で鍵をかけてあるのだよ、キャロライン」

一同の視線を意識しつつ、サー・クロードはコーヒー・テーブルに歩みより、砂糖壺から角砂糖を一つ取って、自分のカップの中に落とした。「みんなに話したいことがあるんだが、リチャード、トレッドウェルを呼んでくれないか」

リチャードは何か言おうとする様子だったが、結局何も言わずにちょっと間を置いてから暖炉のところに行って呼び鈴を押した。

「さてみんな、すわってもらいたい」と、サー・クロードは椅子のほうに手を振った。

カレリはちょっと眉をあげたが、そのまま、部屋を横切って、そこにあった腰掛けにすわった。エドワード・レイナーとルシアはめいめい椅子を見つけてすわり、リチャードは怪訝そうに眉を寄せて暖炉の前にたたずみ、キャロライン・エイモリーとバーバラは長椅子に腰を下ろした。

みんなが思い思いにくつろいですわったとき、サー・クロードは肘掛け椅子を、ほかの者の顔がたやすく見えるような位置に動かしてからすわった。

ホールとのあいだのドアが開いて、トレッドウェルが入ってきた。

「お呼びでしょうか、サー・クロード？」と執事がしかつめらしくきいた。

「ああ、トレッドウェル、私が言った番号に電話してくれたかね？」

「はい、いたしました」

「満足のいく返事がもらえたかね？」

「はい、ご希望どおりのお返事でございました」

「では駅への車の手配も？」

「はい、駅にお迎えの車が行くように申しつけておきましたが」

「よろしい。もう一度、鍵をかけてくれ」

「かしこまりました」と答えて、トレッドウェルは引きさがった。

執事が読書室の外に出てドアを閉ざしたのち、ガチャリと鍵の回る音がした。

「クロード」とキャロライン叔母が口走った。「トレッドウェルはいったい、何を考えているんでしょうか？……」

「トレッドウェルは私の指示に従って行動しているにすぎないのだよ、キャロライン」とサー・クロードが鋭い口調でさえぎった。

リチャードが言った。「どういうことなのか、わけを聞かせていただきたいものですがね」冷ややかな口調だった。

「いま説明するよ。みんな、冷静に聞いてくれたまえ。まずあの二つのドアだが」とホール側の二つのドアのほうに手を振り、「きみたちにもわかっているように、あの二つのドアは外側から鍵がかかっている。すぐ隣の私の書斎からは、この読書室を抜ける以外に出口はない。この部屋のフランス窓には錠が下りている」カレリのほうを見返って、サー・クロードは説明した。「ちなみにこの窓は、私の発明した新案特許の錠前で容易には開かないようになっておるんですよ。家族はそのことは知っていますが、開け方までは知りません」ふたたび一同を見まわして、サー・クロードは続けた。「いってみれば、この部屋はネズミ捕りの罠でね」と腕時計を見た。「いま、九時十分前だが、九時を数分過ぎたころにネズミ捕りのプロが現われることになっている」

「ネズミ捕りのプロですって？」と問い返したリチャードの顔には困惑とともに、刻々つのりつつある怒りの色がありありと表われていた。

「つまり、探偵さ」とサー・クロードはコーヒーをすすって、無表情に言った。

5

　サー・クロードの言葉を聞いた六人の顔にはひとしく驚愕の表情が浮かんでいた。ルシアが小さく叫んだのを聞きとがめたリチャードは、妻の顔にじっと視線を注ぎ、キャロライン叔母は金切り声を上げ、バーバラは「まあ、驚いた！」とつぶやき、エドワード・レイナーは気弱そうに、「ですが、サー・クロード、それはあんまり——」と口ごもった。ただ一人、カレリだけがどこ吹く風とばかりに平然としていた。

　サー・クロードはコーヒーカップを右手に、ソーサーを左手に持って、肘掛け椅子に落ち着くと、「どうやら、それなりに諸君の関心を引くことに成功したようだ」と満足げに言った。コーヒーを飲みおえると彼はカップをテーブルの上に置いたが、ちょっと顔をしかめた。「今夜のコーヒーはばかに苦いな」

　コーヒーをけなされて、キャロライン・エイモリーは主婦としての自分の家政の切り盛りが批判されたように感じたのだろう、少々気をわるくしたようだった。しかし彼女が何か言おうとしたとき、リチャードがきいた。「探偵って、どういうことですか？」

「エルキュール・ポアロといって、ベルギー人だよ」

「しかしどうして？」リチャードは食い下がった。「どうしてお父さんは探偵なんか、呼んだんです？」

「それはすこぶる重大な質問だね」と彼の父親は苦々しげな微笑を浮かべて答えた。

「問題の核心をつく質問だ。きみたちの多くが知っているように、私はここしばらく原子物理学の研究にたずさわってきた。その研究の成果として、私はあたらしい爆薬の製法を発見するにいたった。この爆薬はきわめて強力で、その分野でこれまで試みられてきたことは、これに比べると児戯にひとしく思われるほどだ。そうしたことについては、きみたちもおよそのところは承知しているはずだろう……」

カレリがパッと立ち上がって熱心な口調で言った。「いや、私は少しも存じませんでしたが、じつに興味ある問題です」と言った。

「本当にそう思われますか、ドクター・カレリ？」とサー・クロードが当たり障りのない表現に一種奇妙な意味合いを持たせて言ったので、カレリはちょっと間《ま》がわるそうな表情を浮かべてふたたび腰を下ろした。

「いまも言ったように」とサー・クロードは続けた。「私はその新爆薬を自分の名を取ってエイモライトと呼んでいるのだが、それはいちじるしく強力で、これまでの爆薬が数千人を殺したとすれば、優に数十万人をいちどきに殺すことができるほどの力を持っている」

「まあ、なんて恐ろしい！」とルシアが身を震わせてつぶやいた。

「ルシア、真実というものはけっして恐ろしいものではないのだよ。真実は興味深いだけだ」とサー・クロードは薄笑いを浮かべて息子の嫁を見やった。

「しかしなぜ――なぜ、お父さんはいまになって、ぼくらみんなにそうしたことをお話しになるんですか？」とリチャードがきいた。

「じつはしばらく前から私は、この家の一員がエイモライト製造の化学式を盗もうと企てていると信じるようになった。それで私はムシュー・ポアロに、明日の週末にこの屋敷にきてくれないかと依頼した。月曜日には彼に手ずからそれをロンドンに持ち帰ってもらい、国防省のある役人にじかに渡してもらいたいと思っているのだよ」

「でもクロード、そんなとんでもないこと！　あなたがいま言ったことは、はっきり言ってわたしたちにたいする侮辱じゃありませんか！」とキャロラインはいきまいた。

「あなたはまさか……」

「キャロライン、私の言うことを最後まで聞いてもらいたいね」とサー・クロードは言いつのる妹をさえぎった。「それに私が言っていることはけっして突拍子もないたわごとではないのだよ。私はムシュー・ポアロに明日きてくれるように依頼していたのだが、その計画を変更する必要が生じたのだ。私は彼に、急遽今晩《きゅうきょ》、こっちにきてもらえないかと申し入れた。あらたにそうした手段を講じたのはただね……」

サー・クロードはいったん言葉を切ったが、ちょっと間を置いてずっとゆっくり、一語一語にことさらに力をこめて続けた――一座の人々の顔に目を走らせながら。「問題の化学式はごくありきたりのノートの紙に書いて、細長い封筒に入れてあった。じつはその封筒が今夜のディナーの前に、私の書斎の金庫から盗まれてしまったのだよ。この部屋にいる誰かによってね」

サー・クロードのこの思いがけない発言に、一同ははげしいショックを受けたように「まさか！」とか、「そんな！」などと口々に叫んだ。それから誰もがいっせいにしゃべりだした。

「化学式が盗まれたって、それ、どういうこと、クロード？」とキャロライン叔母がまず言った。

「金庫からですって？　そんなこと、ありえませんよ！」とエドワード・レイナーがやっきになって叫んだ。

ガヤガヤとみんなが騒ぎ立てる中で、カレリだけが考えこんだような表情を浮かべて沈黙していた。しかしサー・クロードが片手を上げて一同を制した。

「私は平生から、自分の行動や、自分が見聞きした事実をはっきり銘記する習慣を身につけている。七時二十分ちょうどに、私は化学式を金庫に入れた。書斎を出ようとしたときに、レイナーが入ってきた」

困惑しているのか、それとも憤慨しているからか、秘書は頬を赤らめて言いかけた。

「サー・クロード、私はけっして――」

サー・クロードは片手をちょっと上げて、沈黙させた。「レイナーがそのまま書斎に留まって仕事を続けていると、ドクター・カレリが戸口に立った。レイナーは彼に挨拶したのち、彼を一人この部屋に残してルシアを探しに行った――」

「しかし私はべつに――」と言いかけたカレリもサー・クロードに制せられた。サー・クロードはまた続けた。「しかしレイナーは読書室の戸口でキャロラインとバーバラに会った。三人はそのまま、この読書室に留まり、ドクター・カレリも彼らといっしょに談笑しはじめた。その四人のうち、いかなるときにも書斎に足を踏み入れなかったのは、キャロラインとバーバラだけというわけだ」

バーバラは叔母の顔をちらっと見てサー・クロードに言った。「でもクロード伯父さま、あたしたちの行動について伯父さまが承知していらっしゃることは、正確とは言えないわ。あたしを容疑者のリストから削るわけにはいかないでしょうからね。キャロライン叔母さまは覚えていらっしゃるでしょ？　どこかに置き忘れた編み針を探してきてくれって、叔母さまはあたしにお頼みになったわ——ひょっとしたら、書斎かもしれないって」

バーバラの言葉を無視して、サー・クロードは続けた。「次にやってきたのはリチャードだった。一人でブラブラ書斎に入って行き、数分間、出てこなかった」

「あきれましたね、お父さん！　まさか、ぼくが化学式を盗みだしたと疑っているんじゃあ……」

息子の顔を見据えて、サー・クロードは意味ありげに答えた。「この場合、ほんの紙きれ一枚もたいへんな値打ちがあるんだからね」

「なるほどね」父親の顔をじっと見返しながら、リチャードは無表情に言った。「一方、ぼくは借金で首が回らないときている。そうほのめかしたいんでしょうね、お父さんは？」

サー・クロードはそれには答えずに、一同の顔を見回して続けた。「いまも言ったように、リチャードはしばらくのあいだ、書斎にいた。ルシアが入ってきたときに、この部屋にもどったのだ。数分後、トレッドウェルがディナーを知らせたときには、ルシアはここにはいなかった。私は彼女が書斎の金庫のそばに立っているのを見た」

「お父さん！」とリチャードは妻のそばに近よって、かばうように片方の腕を回した。

「ひどいことを言うんですね！」

「繰り返して言うが、私はルシアが金庫の脇に立っているのを見た」とサー・クロードは構わず続けた。「彼女はひどく動揺している様子で、私がどうしたのかときくと、気分がすぐれないのだと答えた。私は彼女に、ワインでも一杯、飲んだらどうかと言った。しかし彼女は、もうよくなったからと言って、書斎を出てみんなのところにもどった。ルシアのあとを追ってすぐ食堂に行くかわりに、私は書斎に残った。どうしてそんな気になったのかはわからないが、私は本能的に金庫の中をあらためてみたほうがいいと思いついたのだ。金庫を開けてみて、私は化学式を入れた封筒が紛失していることに気づいたのだよ」

ちょっとのあいだ、誰もしゃべらなかった。この状況がゆゆしいものであることを、誰もが悟りはじめたらしかった。やがてリチャードがきいた。

「ぼくらの行動についての、こうした情報を、どうやって集めたんですか？」

「じっくり考察することによってだよ、もちろん。つまり、観察と推論によって、また自分の目の証拠だてているところと、さらにトレッドウェルに質問した結果にもとづいて——そう言っておこう」

「あなたは使用人たちを容疑者の中に入れていないのね、クロード」とキャロライン・エイモリーがちょっとつんけんした口調で言った。「容疑者はあなた自身の家族に限るってことなのね？」

「私自身の家族——それからもちろん、私の家のお客も入るだろうね」とサー・クロードは言った。「そうなんだ、キャロライン。私はトレッドウェルにしろ、その他の雇い人たちにしろ、私が化学式を金庫に入れたときと私が金庫を開けてその紛失を発見したときとのあいだには書斎にまったく足を踏み入れていないということを、疑いの余地なしに立証したのだよ」

サー・クロードは居並ぶ人々の顔を順に眺めて、それからつけ加えた。「さて、これできみたちにも、事情ははっきりしただろう。化学式を盗んだ者は、いまだにそれを所持しているに相違ない。ディナーが終わってわれわれがここに席を移した後、食堂は徹底的に捜索された。あの紙きれが食堂のどこかに隠されていたとすれば、トレッドウェルが報告しただろう。一方、きみたちにもうわかっているだろうが、私はこの部屋から誰も抜け出す機会がないように、しかるべき処置を講じておいたのだ」

読書室の中にはしばらくのあいだ、はりつめたような静寂がみなぎっていたが、やがてカレリが丁重な口調できいた。

「つまり、サー・クロード、あなたはめいめいの身体検査を提案なさっているわけでしょうか？」

「いや、そんな提案はしていません」とサー・クロードは答えて時計を見た。「九時二分前だな。エルキュール・ポアロがマーケット・クレイヴに着いたころだ。迎えの車を回しておいたからほどなく屋敷に到着するだろう。私はトレッドウェルに九時ちょうどに地下室の電源をオフにして、この部屋の電灯を消すように命じておいた。したがってこの部屋は一分間、真っ暗闇になるはずだ。ほんの一分間だけだがね。電灯がふたたびついたら、ことは私の手を離れる。エルキュール・ポアロが到着して、事件の解決に当たるだろう。しかし暗闇に乗じて、化学式を入れた封筒がこの上に」とサー・クロードはテーブルを平手でたたいた。「置かれていれば、私はムシュー・ポアロに、すべては自分の思い違いだった、盗難事件などなかったのだ、と詫びるつもりでいるのだよ」

「途方もない提案だと思いますがね」とリチャードがはげしい口調で言って、みんなの顔を見回した。「それくらいなら、身体検査をしてもらうほうがいいとぼくは言いたいが」

「もちろん、ぼくもそれに賛成しますよ」とレイナーが急いで言った。

リチャードはことさらにカレリの顔をじっと見た。カレリは微笑して肩をすくめた。

「私も構いませんよ」

リチャードは叔母の顔を見た。「ええ、まあ、そうしなければならないならね」とキャロライン・エイモリーは不本意そうにつぶやいた。

「ルシア、きみは？」とリチャードは妻のほうに振り向いた。

「いやよ、あたしはいや！　お願いよ、リチャード」とルシアはあえぐように言った。「あなたのお父さまが提案なさったようにするほうがいいと思うわ」

リチャードは無言で妻の顔を見つめた。

「どうかね、リチャード？」とサー・クロードが促した。

ホッと深い溜め息をもらして、リチャードはちょっとのあいだ、何も言わなかったが、「まあ、いいでしょう。お父さんの提案に賛成しますよ」と言って、従妹のバーバラの顔を見た。バーバラは軽くうなずいた。

サー・クロードは疲れたように椅子の背にもたれて、けだるげな口調で「さっきのコーヒーは苦かったな。口の中にあの味がまだ残っているようだ」と言って、眠そうにあくびをした。

炉棚の上の時計のチャイムが鳴りはじめた。みんなが振り向いて聞き耳を立てた。サー・クロードは椅子にすわったまま、ゆっくり振り返って息子のリチャードの顔を見つめた。九つ目のチャイムが鳴り終わったとき、電灯が突然消え、読書室の中は真っ暗になった。

喘ぎ声が聞こえた。そして女性たちの抑えた悲鳴。キャロライン叔母がよくとおる声でたまりかねたように叫んだ。「わたし、もう、いや！　たまらないわ！」

「静かにしてくださいな、キャロライン叔母さま」とバーバラがきびしい声で言った。「あたし、聞き耳を立てているのよ」

数秒間というもの、部屋の中はしんと静まりかえっていたが、やがて荒い息づかいが聞こえ、ついで紙を繰るような、ひそやかな音がしたと思うと、ふたたび静寂がみなぎった。ついで金属的なチャリンという音、何かが引き裂かれるような音に続いてドタンという音が響いた。椅子がひっくり返ったのだろう。

だしぬけにルシアの悲鳴が聞こえた。「サー・クロード、サー・クロード、お願いです！　あたし、もう我慢できませんわ！　明かりをつけてくださいな、お願い！　誰か、明かりを！　明かりをつけてください！」

部屋はあいかわらず真っ暗なままだった。と、ハッと息を呑む音に続いて、ホールとのあいだのドアをノックする音が高らかに響いた。ルシアがまたしても悲鳴を上げた。と、それに応えるように読書室のすべての電灯がついた。

リチャードはドアを開けてみようかと心を決めかねているように戸口に立っていた。エドワード・レイナーはひっくり返った椅子のそばにたたずみ、ルシアはいまにも気を失うのではないかと思うようにぐったりと椅子の背にもたれていた。

サー・クロードは目を閉じて肘掛け椅子に凝然とすわっていた。レイナーが突然、サー・クロードの脇のテーブルを指さした。「ごらんなさい！」とレイナーが叫んだ。「化学式が！」

サー・クロードの脇のテーブルの上に、彼自身がさっき言ったとおりの細長い封筒が置いてあった。

「まあ、よかった！　置いてあるわ、封筒が！」とルシアが叫んだ。「よかったこと！」

ノックの音がまたもや響き、戸口がゆっくり開いた。すべての者の視線がドアに釘づけになったとき、トレッドウェルが一人の客を請じ入れて、ひきさがった。

一同は新来者にいっせいに目を注いだ。彼らの前に立っているのは、五フィート四インチそこその背丈の、変わった風貌の小男だった。威厳のある物腰で、物問いたげにこっちを見ているテリアといった感じで、卵形の頭を少しかしげていた。蠟《ワックス》でかためた口髭がピンとはね、きちんとした身なりだった。

「エルキュール・ポアロと申します」と客は自己紹介をして一礼した。

リチャード・エイモリーが手を差し伸べ、「ムシュー・ポアロ、よくおいでくださいました」と握手した。

「サー・クロードでいらっしゃいますか？」とポアロがきいたが、すぐ首を振り、「いやいや、あなたはお若い。息子さんでしょうね？」とリチャードの前を通って、部屋の中央に歩みを進めた。続いて退役軍人タイプの中年の男が遠慮がちな物腰で入ってきた。

「私の協力者のヘイスティングズ大尉です」

「気持ちのいいお部屋ですねえ」とヘイスティングズはつぶやいてリチャード・エイモリーと握手した。

リチャードはポアロのほうに振り向いて言った。「申し訳ありません、ムシュー・ポアロ、おっしゃるとおり、ぼくは息子のリチャード・エイモリーです。申しかねますが、少々誤解があってご足労をおかけしてしまったようです。お力添えを願う必要はもはやなくなったようで……」

「そうでしたか」

「そうなんです。本当に申し訳ありません。ロンドンからこんなところまで無駄足を踏ませる形となったようで。もちろん、相談料と必要経費は——その——」

「わかっております。しかしさしあたって私が関心を持っておりますのは相談料のことでも、必要経費のことでもありません」

「はあ？　ではほかにどんな——？」

「私が関心を持っておりますのは、エイモリーさん、ちょっとした点なのです。私にこちらに参上するように仰せになったのはあなたのお父上でした。帰ってよいと言われるのがお父さまでないのは、どういうことでしょうか？」

「ああ、そうでした。失礼いたしました」とリチャードはサー・クロードのほうを振り向いて言った。「お父さん、ムシュー・ポアロに、お願いすることはもうなくなったと言ってくださいませんか？」

サー・クロードは答えなかった。

「お父さん！」とリチャードは父親がすわっている肘掛け椅子に急いで歩みよって屈みこんだが、急に振り返って、はげしい声で「ドクター・カレリ！」と叫んだ。

キャロライン・エイモリーが青ざめた顔で立ち上がった。カレリは急いで歩みよって、サー・クロードの脈を取った。それから眉をしかめて片手を数秒間、サー・クロードの胸に当てた。重苦しい表情でカレリはリチャードを見上げて、ゆっくり首を振った。

ポアロは肘掛け椅子にゆっくり歩みより、この家の当主である科学者の動かぬ体を見下ろした。「ええ、そのようですね、どうやら」と彼は独り言のようにつぶやいた。

「どうやらって、どういうことですの、ムシュー・ポアロ？」とバーバラが近よってきいた。

ポアロは彼女の顔をじっと見返して言った。「マドモアゼル、どうやらサー・クロードが私をお呼びになるのが、少々遅すぎたようです」

6

エルキュール・ポアロの言葉を一同は愕然とした面持ちで聞いた。カレリはサー・クロードの死体をなお調べていたが、やおら身を起こして振り返り、リチャード・エイモリーに向かって言った。「お父上は亡くなられたようです」

リチャードは何を言われたのか、理解しかねている表情で呆然と見つめた。「まさか――どういうことなんでしょう？　心臓麻痺ですか？」

「そう――まあ――そうなんでしょうな」とカレリは少々あやふやな口調でつぶやいた。

バーバラが叔母のそばに行った。叔母がいまにも失神しそうに見えたからだった。レイナーも近よってキャロラインを支えながら、バーバラの耳にささやいた。「あの男、本物の医者なんですかね？」

「ええ、ただしイタリア人のね」とささやき返してバーバラはレイナーに手を貸し、叔母を椅子にすわらせた。バーバラの返事を洩れ聞いてポアロははげしく頭を振り、見事な口髭をそっと撫で、微笑を浮かべつつ低い声で言った。「そう、私は探偵です――ただしベルギー人の。しかし、マダム、われわれ外国人も折々正しい解答に到達することがあるのでして」

こう言われて、バーバラはさすがにちょっと間《ま》がわるそうな顔をしながらもレイナーとなお言葉をかわしていたが、このとき、ルシアがポアロに近づき、彼の腕を取ってみんなから少し離れたところに導き、息をはずませて言った。「ムシュー・ポアロ、お願いです、お帰りにならないでくださいな！　誰かが、もう用はないからと言っても、どうか、お帰りにならないでください！」

ポアロはルシアをじっと見た。しかし「つまり、私に留まれとおっしゃるんですね、マダム？」と静かに言ったその顔は無表情だった。

「そのとおりですわ」とまだ椅子にすわったままのサー・クロードの死体をおずおずと見やりながら、ルシアは答えた。「なんだかおかしいと思うんですの。あたしの義理の父の心臓には何の故障もありませんでしたもの。ええ、ぜんぜん。お願いです、ムシュー・ポアロ、どういうことなのか、ぜひとも調べていただきたいと思います」

カレリとリチャード・エイモリーはサー・クロードの死体のそばをまだ離れずにいた。リチャードはどうしたものかと戸惑いながらも、ショックのあまり、すぐには行動を起こすことができそうになかった。

「お父上のかかりつけの医者を呼ばれたほうがいいと思いますがね、エイモリーさん」とカレリが促した。「どうでしょう？」

リチャードは「はあ？」とぼんやりした口調でき返したが、強いて気を取り直して答えた。「ええ、父は日ごろ、村の開業医のドクター・グレアムに診てもらっています。彼は従妹のバーバラに関心を持っているようで――失礼、そんなことは当面の問題には何の関係もありませんよね」それからバーバラのほうを見やって問いかけた。「バーバラ、ケネス・グレアムの電話は何番だっけ？」

「マーケット・クレイヴの五番よ」リチャードは電話機の前に立ち、受話器を上げて通話を申し込んだ。線がつながるのを待っている彼に、エドワードが秘書としての自分の義務をようやく思い出したのだろう、「ムシュー・ポアロがお帰りになるようなら、タクシーを頼みましょうか？」ときいた。

ポアロはこれを聞いて、それはちょっとというように、大きく手をひろげた。口を開こうとしたとき、ルシアが先を越して誰にともなく、「ムシュー・ポアロはお残りくださるそうですわ――あたしがお願いしたんですの」と言った。

受話器を耳に当てたまま、リチャードが驚いたように振り向いた。「どういうことうのだ?」

「ええ、リチャード、ムシュー・ポアロにはこのまま残っていただいたほうがいいと思うの」とルシアは言い張った。その声にはほとんどヒステリカルな響きがこもっていた。

キャロライン・エイモリーが何てことをというようにハッと見上げた。バーバラとレイナーも心配そうに顔を見合わせた。カレリは偉大な科学者であったサー・クロード・エイモリーの動かぬ姿を考えこんでいるような表情で見下ろしており、そのときまで読書室の書棚にぼんやり目を走らせていたヘイスティングズ大尉は、振り返って一同の様子に視線を走らせた。

ルシアの衝動的な発言に「ルシア、きみ……」と言いかけたリチャードは、電話先の相手が電話に出たのだろう、あわてて言った。「ドクター・グレアムのお宅ですか?　ああ、ケネスか?　リチャード・エイモリーだ。父が心臓発作で倒れてね。すぐきてもらえるかな?　そう……実際のところ、手の施しようもなさそうだ……そうなんだよ……いや、それがどうも……ありがとう、助かるよ」受話器を置くと、彼は部屋を横切って妻に近より、動揺をかくしきれぬ様子でささやいた。「ルシア、きみ、どうかしているんじゃないか?　何てことを!　この際、探偵なんぞにうろうろされないに越したことはないんだからね」

ルシアは驚いたように椅子から立ち上がった。「あなたこそ、どういう意味なの?」

二人は声をひそめて、しかしはげしい語気で言いかわした。

「ルシア、父が言ったことが聞こえなかったのかい?」とリチャードは意味ありげに言った。「父はね、コーヒーの味がとても苦かったって言ったんだよ」

初めのうち、ルシアは何のことか、わからないというようにポカンとしていた。「コーヒーがとても苦かったって……」と彼女は繰り返して、リチャードの顔を怪訝そうに見返したが突然、恐ろしそうに声を上げかけて、あわてて抑えた。

「ね、きみにもわかるだろう?」とリチャードはささやいた。「おやじは毒殺されたんだよ。それも明らかに家の者によって。スキャンダルはきみだって、まっぴらだろう?」

「ああ、なんてことなの!」とルシアは目の前をぼんやり見つめてつぶやいた。「神さま、お助けくださいませ!」

妻から顔をそむけて、リチャードはポアロに近づき、「ムシュー・ポアロ」と言いかけてためらった。

「はあ?」とポアロは礼儀正しく問い返した。

ここは一つ、はっきり言ってしまわねばと気持ちを強いて引き立てて、リチャードは言葉を続けた。「ムシュー・ポアロ、妻があなたに何を調べてほしいと申し上げたのか、よくわからないのですが」

ポアロはちょっと考えたすえに愛想よく微笑して答えた。「さよう、書類の盗難に関する調査でしょうか？　私ごときがこちらにお招きいただいた、そもそもの理由はそれだろうと、あちらのマドモアゼルも仰せになりました」とバーバラのほうに一礼した。

バーバラのほうに、余計なことをと言わんばかりの一瞥を投げて、リチャードはポアロに言った。「問題の書類はすでに返っているんですよ」

「はたしてそうでしょうか？」とき返したポアロの顔には謎のような笑みが浮かんでいた。小柄な探偵はいまや、並みいる人々の注目を一身に集めていた。彼はやおら部屋の中央のテーブルのところに進み、テーブルの上にのっている封筒を眺めた。サー・クロードの死が明らかになった興奮と動揺のうちに、誰もがこの封筒のことを忘れていたのだった。

「どういうことです？」とリチャード・エイモリーがきいた。

ポアロは口髭をひねって小意気にはね上げ、それから服の袖から、ついてもいない塵《ちり》を払っておもむろに答えた。「私のほんの——そう、おそらくばかげた思いつきなんですが。ある人がつい先だって、たいへん面白い話を聞かせてくれました。からっぽの瓶にまつわる話でしてね。瓶の中に入っていると思ったものが入っていなかったという話なんですよ」

「おっしゃる意味がよくわからないのですが」とリチャードが言った。

封筒をテーブルの上から取り上げてポアロはつぶやいた。「この場合も、いかがかと思いましてね」

ポアロの視線を意識しつつ、リチャードは封筒を受け取って中をのぞいたとたん、「からじゃないか！」と叫んで封筒を丸めてテーブルの上に投げだし、妻のルシアに探るような視線を注いだ。ルシアはハッとしたように夫のそばから少し離れた。

「これがからだとすると、身体検査はやはりしないわけにいかないということですかね――しかし……」とリチャードは途方に暮れているような声音でこう言って口ごもり、誰かが助言してくれるのを待っているように部屋の中を見回した。バーバラとキャロライン叔母の顔には戸惑いの表情がありありと浮かび、レイナーはムッとしたように口を結んでいたが、カレリはあいかわらず穏やかな物腰を保っていた。ルシアは夫の視線を避ける様子だった。

「私の助言をおいれになったらいかがでしょうか、ムシュー？」とポアロが提案した。

「ドクターが見えるまでは何もしないに越したことはありません。ところであちらのドアはどこに通じているんですか？」

「あれは父の書斎とのあいだのドアです」とリチャードは説明した。ポアロは部屋を横切ってそのドアのところに行き、首を突き出して書斎の中をのぞきこみ、それから振り返って読書室を眺めて満足したようにうなずいた。

「なるほど」と彼はつぶやき、それからリチャードに向かって言った。「さて、ムシュー《エビヤン》、みなさんがお部屋にお引き取りになりたければ、これ以上、ここにお残りいただくまでもないんじゃないでしょうか？」

みんながホッとしたように身じろぎをするのがわかった。カレリがまず立ち上がった。「ただ心得ておいていただきませんと」とポアロはイタリア人の医師の顔を見ながら続けた。「当然ながら、どなたもこのお屋敷をお出にならないように」

「その点はぼくが責任を負います」リチャードはバーバラとレイナーが部屋を出て行くのを見送りながら言った。カレリもその後に続いて立ち去った。キャロライン・エイモリーは兄の椅子のそばにちょっと足を止めた。「かわいそうなクロード」と彼女はつぶやいた。「かわいそうに」

ポアロが近づいて言った。「勇気をお持ちください、マドモアゼル。もちろん、たいへんなショックをお受けになったことはお察ししますが」

キャロライン・エイモリーは目に涙を浮かべてポアロを見た。「それにしても、今夜のディナーのためにシタビラメのフライをってコックに言いつけて、つくづくよかったと思いますわ。兄の大好物でしたから」

大真面目に言うのを、同じように真面目な顔をつくろって、「なるほど、せめてもの心やりというわけで」と言いながら、ポアロはキャロライン・エイモリーをていよく部屋から送り出した。リチャードがその後に続き、ちょっとためらった後、ルシアも足早に出て行った。ポアロとヘイスティングズだけが、サー・クロードの死体とともに残されたのであった。

7

部屋がからになるのを待ちかねていたように、ヘイスティングズがきいた。

「あなたはこの事件についてどう考えているんですか、ポアロ？」

「ドアを閉めてくれませんか、ヘイスティングズ」というのが、この問いにたいするポアロの返事だった。ヘイスティングズが言われるままにドアを閉めに立つと、ポアロは考えこんでいるようにゆっくり頭を振りながらまわりを眺めやり、それから家具に目を走らせたり、折々床を見下ろしたりしながら歩きまわりはじめた。突然、彼は屈みこんで、ひっくり返っている椅子を調べる様子だった。電灯が消えたときに秘書のレイナーがすわっていた椅子で、その下からポアロは何やら小さなものを拾い上げた。

「何か見つかりましたか？」とヘイスティングズがきいた。

「鍵ですよ。金庫の鍵のようにも思えますね。確か、サー・クロードの書斎に金庫がありました。すみませんが、ヘイスティングズ、この鍵を持って行って金庫の鍵穴に合うかどうか、試してみてくれませんか」

ヘイスティングズがポアロの手から鍵を受け取って書斎に入って行くと、ポアロはサー・クロードの死体に近より、ズボンのポケットを探って鍵束を取り出し、一つ一つ、入念に眺めた。やがてヘイスティングズがもどって、鍵は確かに書斎の金庫の鍵穴にぴったり合ったと報告した。「おそらくサー・クロードが落としたんでしょうね。そして……つまり……」

「いやいや、わが友《モナミ》」とポアロは首をゆっくり振り、「鍵を返してくれませんか」と困惑しているように眉を寄せながらヘイスティングズの手から鍵を取ると、それをサー・クロードのポケットから引き出した鍵束のうちの一つと見くらべた。それから鍵束をもう一度、サー・クロードのポケットに返して、拾ったほうの鍵を高く差し上げた。「これは、ヘイスティングズ、後からつくった合鍵ですよ。あまりいい出来ではありませんが、目的は達したでしょうね」

ヘイスティングズが興奮した面持ちで叫んだ。「とすると――つまり……」

何か言いかけようとしたとき、ポアロが身ぶりで止めた。玄関の間と階段に通ずるほうのドアの鍵の回る音がして、ドアがゆっくり開いた。ポアロとヘイスティングズが黙って目を注いでいると、執事のトレッドウェルが戸口に立った。

「失礼いたします」とトレッドウェルは読書室に入ってドアを後ろで閉めた。「旦那さまから、このドアも、あちらのドアも、あなたさまがおいでになるまで鍵をかけておくようにご指示があったものですから。あの――旦那さまは……」椅子にすわったまま動かない主人の姿に気づいて、トレッドウェルは口ごもった。

「旦那さまは亡くなられたようです」とポアロは告げた。「あなたの名は？」

「トレッドウェルと申します」と執事は机の前に行って、主人の亡骸《なきがら》を見下ろした。

「なんということでございましょう！」ポアロのほうを振り返って、彼はつけ加えた。

「申し訳ありません、つい取り乱しまして。たいへんなショックでございます。どういうことでございましょう？　ひょっとして旦那さまは――何者かの手にかかって……」

「どうしてそんなことをきくんですか？」

執事は声を低めて答えた。「今夜はいろいろと妙なことが起こりまして」

「ほう？」とポアロはヘイスティングズと顔を見合わせた。「妙なことというと？」

「さあ、何から申し上げたらよいか……どうも――おかしいと感じましたのは、あのイタリア人の紳士がお茶にいらしたときでございました」

「イタリア人の紳士？」

「ドクター・カレリとおっしゃる方でございます」

「前ぶれなしにお茶どきにこられたということですね？」

「さようでございます。ミセス・リチャードのお友だちということで、ミス・エイモリーがディナーをごいっしょにとおっしゃいまして。ただ……」と、トレッドウェルはいったん言葉を切ったが、ポアロにおだやかに促されて続けた。「おわかりいただきたいのですが、私は普段はご家族のことをとやかく噂するようなことはいたしません。ですが旦那さまが亡くなられたことでもあり……」

トレッドウェルはまた言葉を切り、ポアロは同情に堪えないというようにつぶやいた。

「そうでしょうとも、よくわかります。旦那さま思いなんですね、あなたは」トレッドウェルがうなずくと、ポアロは続けた。「サー・クロードとしては、何かこの私におっしゃりたいことがおありになったように思いますのでね。だからあなたとしても、知っていることを残らず私に話してもらいたいんですよ」

「では私の存じよりを申し上げさせていただきます。まず、ミセス・リチャードはあのイタリア人のお客さまがディナーに残られることを、うれしくお思いになってはおいでにならないご様子でした。ミス・エイモリーがお誘いになったときの、あの方の表情から察しがつきました」

「あなた自身はドクター・カレリから、どのような印象を受けたのですか？」

「ドクター・カレリは」と執事は少々居丈高に言った。「私どもとは、たちの違うお方でいらっしゃいます」

どういう意味か、よくわからない様子で、ポアロは物問いたげにヘイスティングズのほうを見た。ヘイスティングズはにやりとしそうになって、脇を向いた。ポアロはヘイスティングズのほうに軽く咎《とが》めるような視線を送った後、ふたたびトレッドウェルのほうに向き直った。執事はしごく真面目な顔をしていた。

「あなたは、ドクター・カレリがそんなふうに唐突に訪ねてこられたのは奇妙だと思ったわけですね？」

「そのとおりでございます。なんとなく不自然な感じがいたしました。それにあの方がお見えになった後に、いろいろと奇妙なことが始まりまして。旦那さまはあなたさまに、こちらにいらしてくださるように依頼なさり、そのうえ私に、読書室のドアに鍵をかけるよう、お命じになりました。ミセス・リチャードも今夜はどうかしておいででした。ディナーの途中で席をお立ちになり、リチャードさまはたいそう心配のご様子でございました」

「ほう？　途中で席をお立ちになったんですか？　それでこちらの部屋にいらしたんですね？」

「さようでございます」

ポアロは部屋の中を見回して、ルシアがテーブルの上に残して行ったハンドバッグに目を留めた。「ご婦人方の一人がバッグを置いて行かれたようですが？」

「ミセス・リチャードのバッグでございます」

「そのとおりです」とヘイスティングズもうなずいた。「部屋を出る直前に、そのテーブルの上に置かれたんです」

「部屋を出る直前に――ですか？」とポアロはきき返した。「それは面白いですね」

ポアロはバッグを長椅子の上に置き、不審そうに眉を寄せ、考えこんででもいるようにぼんやりたたずんでいた。

「この部屋のドアに鍵をかけるということについてでございますが」とトレッドウェルはちょっと間《ま》を置いてから続けた。「旦那さまはこうおっしゃったのでございます――」

急に白昼夢から目覚めたように、ポアロは執事をさえぎった。「そうそう、そのことについては逐一聞かせてもらわないと。このドアを通って、私たちもそっちに行きましょう」とホール側の、家の前面に通じているドアを指さした。

トレッドウェルが先に立ち、ポアロがすぐ続いた。ヘイスティングズは少々もったいぶった口調で、「ぼくはここに残りましょう」と言った。

ポアロが振り返って、ちょっと奇妙な口調で言った。「いや、いけません。きみもいっしょにきてもらわないと」

「しかしポアロ、もしも――」とヘイスティングズは言いかけたが、ポアロは重々しい、意味ありげな口調で、「きみの協力が必要なんですよ、モナミ」と言った。

「だったらもちろん、構いませんがね……」

三人は前後して部屋を出て、ドアを後ろで閉ざした。と、ほんの数秒たつかたたないかでホールに通ずるほうのドアがゆっくり開き、ルシアが足音を忍ばせて読書室の中に入ってきた。誰もいないと確かめるように、気忙《きぜわ》しくまわりに目を配った後、彼女は部屋の中央にある丸テーブルに近づいて、サー・クロードのコーヒーカップを取り上げた。鋭い、きびしい表情が目にあふれており、いつもの無邪気そうな印象が消えて、ずっと老けて見えた。

ルシアはどうしたらいいか、決心がつかないように、カップを手にしたまま、しばらく、そこにたたずんでいた。そのとき、もう一方のドアが開いて、ポアロが読書室に一人で入ってきた。「ああ、それはこちらにいただきましょう」とポアロが言うと、ルシアはギョッとした様子で振り返った。ポアロは近よってごくさりげなく彼女の手からカップを引き取った。

「あたし――あたし、バッグを忘れて」とルシアはあえぐように言った。

「そうでしたか。どこかにご婦人のバッグがありましたっけね。ああ、そうそう、ここにありました」とポアロは長椅子のところに行き、バッグを取り上げてルシアに渡した。

「恐れ入ります」と言いながら、ルシアは気もそぞろにまわりに目を配った。

「どういたしまして、マダム」

ポアロにおずおずとほほえみかけて、ルシアは足早に読書室から出て行った。彼女の姿が消えると、ポアロはちょっとじっとしていたが、やおらコーヒーカップを取り上げてにおいを慎重に嗅ぎ、ポケットから試験管を取り出してサー・クロードのカップの底に残っていたコーヒーを数滴、中に垂らして封をした。それをポケットに納めると、ポアロは部屋の中を見回してコーヒーカップを数えはじめた。「一つ、二つ、三つ、四つ、五つ、六つ。そう、全部で六つ」

困惑したように眉を寄せていたポアロの目が、突然緑色にらんらんと輝きはじめた。こうした光が目に宿るとき、それはつねに彼の内なる興奮のしるしだった。いましがた入ってきた戸口に急ぐと、彼はそれを開けてバタンと大きな音を立てて閉め、それから小走りにフランス窓のところに行ってカーテンの陰に身をひそめた。ほんの少しの間《ま》を置いてホールに通ずるドアがふたたび開き、ルシアが入ってきた。今度は前よりいっそう忍びやかな足取りで、油断のない身ごなしだった。両方のドアに目を配りつつ、ルシアはサー・クロードのカップを急いで取り上げて部屋の中を見まわした。

ホールへのドアの近くの小さなテーブルの上に温室咲きの花の鉢が置いてあった。テーブルの前に立つと、ルシアは手にしていたコーヒーカップを逆さに伏せて鉢の中に押しこんだ。それからあいかわらずドアに目を配りながら、ルシアは残りの五つのカップの一つを取り上げて、それをサー・クロードの死体の脇に置いた。そのうえで戸口に急いだが、ちょうどそのときドアが開いて彼女の夫のリチャードが背の高い、褐色の髪の、三十代の初めかと思われる男を伴って入ってきた。新来者は当たりはやわらかいが、それとはない権威を感じさせる物腰で、グラッドストン・バッグと呼ばれる、大ぶりのカバンを下げていた。

「ルシア！」思いがけず妻と顔を合わせて、リチャードはびっくりしたように叫んだ。「ここで何をしていたんだね？」

「あたし――あたし――ハンドバッグを忘れて」とルシアは説明した。「いらっしゃいませ、ドクター・グレアム。失礼いたします」と言って、ルシアはそそくさと部屋から出て行った。リチャードは妻の後ろ姿に目を注いでいた。

ポアロはカーテンの陰から出て、たったいま、もう一つのドアから入ってきたように二人に近づいた。リチャードは妻に気を取られていて、ポアロがそばにくるまで気づかなかった。

「ああ、ムシュー・ポアロ、ご紹介しましょう。こちらはグレアム、ドクター・ケネス・グレアムです」

二人は会釈をかわした。グレアムはすぐ死体に近づいて調べはじめた。リチャードはその様子をじっと見守っていた。彼らがそれ以上、自分に注意を払っていないのを幸い、ポアロは部屋の中を歩き回ってふたたびコーヒーカップの数を数えた。「一つ、二つ、三つ、四つ、五つ」と彼は微笑を浮かべてつぶやいた。「おやおや、五つになっている」いかにもうれしげに顔を輝かせて、ポアロは謎のような微笑を浮かべた。そしてさっきの試験管をポケットから取り出し、それを眺めながらゆっくり頭を振った。

このあいだにドクター・グレアムは死体の一応の調べを終えてリチャードに言った。

「死亡診断書を書くわけにはいかないね、リチャード。サー・クロードはすこぶるつきの健康体だった。突然心臓発作を起こすなんて、ぼくにはありえないことのように思える。死に先立つ数時間にどういうものを飲み食いしたか、それを調べる必要があるんじゃないだろうか」

「まさか！　本当にそんな必要があるのかね？」とリチャードが驚愕をかくしきれぬ声《こわ》音《ね》できき返した。「ぼくらとそっくり同じものを食べ、かつ飲んだんだよ、父は。だからばかげているよ、そんな提案は……」

「提案しているわけじゃないんだよ」とドクター・グレアムはきっぱりと、権威をこめて言った。「法にのっとった死因審問は避けがたいだろうし、検死官は死因をつきとめようとするだろう。いまのところ、サー・クロードの死が何によってもたらされたのか、ぼくにはかいもく見当がつかない。とにかく死体を移して、明日の早朝、緊急に死体解剖が行なわれるように手配しよう。それによって明らかになった事実は、いずれきみに伝えるようにするよ」

そそくさと部屋を出て行くドクター・グレアムの後をリチャードが抗議めいたことを言いながら追うのを見送って、ポアロは自分をロンドンから急遽《きゆうきよ》呼びよせた男の死体を怪訝そうに眺めやった。電話の声にはいかにも差し迫ったものが感じられたのだったが。「いったい、何をあなたは私に言いたかったんですかね、サー・クロード？　何か懸念をいだいておられたことでも？」と彼はつぶやいた。「あなたはただ、あなたの大切な化学式の盗難に関して、私に会いたいと思われただけなんですか？　それともご自分の生命の危険をも感じておられたんでしょうか？　あなたはこのエルキュール・ポアロを信頼して助けを求められた。ただ、少々遅すぎたようです。しかし私はきっと真相をつきとめて見せますよ」

考えこんだ様子で頭を振りながら部屋から出て行こうとしたとき、トレッドウェルが入ってきた。「お連れさまはお部屋のほうにご案内いたしました。よろしかったら、あなたさまも。あちらさまと隣り合わせの最上階のお部屋でございます。失礼かと存じましたが、ロンドンからおいでになったことでもあり、お二人のために軽い夜食を用意させていただきました。お部屋にご案内する途中で、食堂の位置をお知らせいたします」

ポアロは頭をちょっとかしげて、「ありがとう、トレッドウェル」と言った。「ところで私から、エイモリーさんにも申し上げておくつもりですがね、この部屋には明日まで鍵をかけておくほうがいいでしょう。明日になれば、今夜の嘆かわしい出来事の詳細について、なお明らかになるでしょうし。私たちがここを出たら鍵をかけておいてもらえますね？」

「かしこまりました。おっしゃるようにいたします」というトレッドウェルの返事を聞いて、ポアロは先に立って部屋を出た。

8

長時間ぐっすり安眠して、翌朝、ヘイスティングズが遅れて階下に降りたときには食堂には誰もいず、彼は朝食を一人で取ることになった。エドワード・レイナーはずっと早く朝食をすませて、サー・クロードの論文をまとめる必要があるからと自室にもどっていたし、リチャード・エイモリー夫妻は自分たちに当てられた一郭で食事を取るということで、階下にはまだ姿を見せていない。バーバラ・エイモリーはコーヒーカップを持って庭に出ていった。たぶんまだ日光浴をしているのだろう。キャロライン・エイモリーはちょっと頭痛がするからと朝食を自室に運ばせた——トレッドウェルがそんなふうに話してくれた。「けさ、ムシュー・ポアロを見かけたかい、トレッドウェル？」とヘイスティングズはきいてみた。

「ムシュー・ポアロは早起きをなさいまして、散歩がてら村まで行ってくるとお出かけになりました。何か用事がおありだそうで」

ベーコン、ソーセージ、卵、トースト、コーヒーという、たっぷりした朝食をすませた後、ヘイスティングズは居心地のいい二階の寝室にもどった。この部屋からは庭の一部を見下ろすことができるので、日光浴をしているバーバラの姿が手に取るようによく見えた。彼女が屋内に入ってきた後、ヘイスティングズは《タイムズ》を持って読書室の肘掛け椅子に落ち着いた。朝刊にはもちろん、前夜のサー・クロードの死についての記事はまだ載っていなかった。

ヘイスティングズは社説のページをひろげて読みはじめた。三十分あまりたったとき、少しうとうとしかけていた彼がふと目を覚ますと目の前にエルキュール・ポアロが立っていた。

「おやおや、モナミ、事件について早くも沈思黙考中ですか？」とポアロはクスクス笑いながら言った。

「そのとおり、ポアロ、ぼくは昨夜の出来事についてかなり長いこと、思いめぐらしていたんですがね。つい居眠りをしちまったらしい」

「いいじゃないですか。私もサー・クロードの死について考えていたんですよ。そう、もちろん、例の重要な化学式の盗難についてもね。実際のところ、私はある手段を講じておきました。私の疑念が当たっているかどうか、電話による返事を期待しているところなんですよ」

「疑念って、いったい、あなたは何を、いや、誰を、疑っているんですか、ポアロ？」

ポアロは答える前に窓の外に目をやり、「いや、このゲームの目下の段階ではきみにはまだ明かさないほうがいいんじゃないでしょうかね」といたずらっぽく言った。「手品師が好んで言うように、瞬間的な手練の早業が目をあざむいたのだとだけ、言っておきましょうか」

「ときによると、ポアロ、あなたは人をひどくいらいらさせるなあ」とヘイスティングズは嘆かわしげに言った。「化学式の盗難について、いったい、あなたは誰を疑っているのか、そのくらいは教えてくれてもいいじゃないですか。ぼくだって、あなたの力になれないとも限らない。つまり……」

ポアロは片手をひょいと上げて友人を制した。その顔には無邪気そのもののような表情が浮かんでいた。瞑想にでもふけっているように窓の外のはるかかなたに目をやりながら、ポアロはつぶやいた。「不思議だと思っているんですか、ヘイスティングズ？容疑者がいるのなら、なぜ、追いかけないのか」

「まあ、そんなところです」

「きみが私の立場だったら、疑いもなく容疑者を追いかけるでしょうね。しかし私はその辺をやたらチョコマカしたり、きみたちイギリス人がよく言うように、干し草の山を掻き回して一本の針を探すなんてことはやらないんですよ。さしあたっては私はのんびり待つつもりです。なぜ、待つのか――まあね、それは私ほどの推理力に恵まれていない人間にははっきりしないことが、このエルキュール・ポアロの知力にとっては、ときとしてまったく明らかだからなんですよ」

「あきれたなあ、ポアロ！」とヘイスティングズは叫んだ。「いっぺんでもいい、あなたがとんでもなくドジを踏むところを見られるなら、ぼくは一財産投げ出しても構わない。まったくあなたときたら、癪にさわるくらい、うぬぼれが強いんだから」

「まあ、そう腹を立てないでくださいよ、ヘイスティングズ」とポアロはなだめるように言った。「本当言って、ときどきですが、きみは私を嫌っているんじゃないかと思うことがありますね！　偉大な人間の支払う、のっぴきならぬ代価ということでしょうか」

ポアロは得意げに胸を張り、ホッと溜め息をついた。その様子がいかにもこっけいで、ヘイスティングズは思わず笑いだしてしまった。「ポアロ、あなたみたいに自分を高く評価している人間は見たことがないなあ！」

「当然じゃないですか」とポアロは満足げに言った。「ユニークな人物は、自分のユニークさをちゃんと自覚しているものです。さて冗談はさておき、ヘイスティングズ、私はサー・クロードの息子さんのリチャード・エイモリーに、正午に読書室で私たちに会ってもらいたいと申し入れてあるんですよ。私たちにと言ってあるのは、きみにもぜひ、同席して綿密に観察してもらいたいからです」

「ぼくはいつだって喜んであなたの手伝いをする気ですよ、ポアロ」

正午に、ポアロ、ヘイスティングズ、それにリチャード・エイモリーの三人が読書室で顔を合わせた。サー・クロードの死体は前夜遅く運び出されていた。ヘイスティングズは長椅子にくつろいで、ポアロに言われたとおり、せいぜい耳をかたむけ、熱心に観察するつもりでいた。ポアロはリチャードに、自分たちの到着に先立つ、前夜の出来事についてくわしく話してもらいたいと言った。リチャードは当夜、父親がすわったとおり、机の後ろに座を占めて事件の経緯を物語り、しめくくりのようにつけ加えた。「これで全部だと思いますがね。昨夜の経緯についておわかりいただけたかどうか」

「完璧に明瞭にお話しくださいましたよ、ムシュー・エイモリー」とこの部屋の唯一の肘掛け椅子の一方の腕にもたれてポアロは言った。「おかげさまで、はっきりしたイメージが摑めました」目を閉じて、ポアロはその場の情景を思い描いた。「サー・クロードがどっかりと椅子にすわってみなさんの注目を集めておられる。ついで真っ暗闇。ドアをノックする音。そう、きわめてドラマティックな場面です」

「まあ、こんなところでよろしかったら……」これで失礼するというようにリチャードは身じろぎをした。

「ちょっとお待ちいただけますか」とポアロは身ぶりでリチャードを制した。

リチャードはもう一度しぶしぶすわり直した。「何でしょう？」

「それよりもう少し前には、お父上はどんなご様子でしたか？」

「もう少し前？」

「ええ、食後には？」

「ああ、食後ねえ。ほんと言って、つけ加えるようなことは何もありません。父と秘書のレイナー——エドワード・レイナーです——は父の書斎に入って行きましたっけ。そのほかの者はみんな、この部屋にいました」

ポアロは励ますようにリチャードを笑顔で見やった。「で、あなたがたは——何をしていらしたんですか？」

「ただ話をしていただけです。その間、ほとんどずっとレコードがかかっていましたっけ」

ポアロはちょっと考えてから言った。「記憶にとどめる価値のありそうなことは、何も起こらなかったとおっしゃるんですか？」

「ぜんぜん」とリチャードはきっぱり答えた。

リチャードの顔を近々と見ながら、ポアロはなおきいた。「コーヒーはいつ、運ばれてきたんでしょう？」

「ディナーのすぐ後です」

ポアロは片手で円を描いて、「執事が給仕して回ったんですか、それとも誰かがつぐようにと、ここに置いて行ったんでしょうか？」

「さあ、どうでしたか」

ポアロは軽く溜め息をつき、ちょっと考えてからきいた。「みなさんがコーヒーを召し上がったんでしょうか？」

「と思いますが。いや、レイナーを除いてです。彼はコーヒーを飲みませんから」

「で、サー・クロードのコーヒーは？　誰かが書斎に持って行ったんでしょうか？」

「と思いますが」と答えたリチャードの声は少しいらいらしはじめているようだった。

「そんな細かいことまで、必要なんですかね？」

ポアロはすまないというように、両の腕をちょっと上げた。「申し訳ありません。私の心の目にその場の光景がそっくりそのまま映るようにと思ったものですから。大切な化学式を何としても取り返したいと、ご同様に私もそればかりを考えているわけでして。どなたも、そうお思いじゃないでしょうか？」

「まあね」とリチャードはふたたび不機嫌そうにつぶやいたが、ポアロが眉をおおげさに吊り上げて、びっくりしたような声を上げるのを聞いて、あわててつけ加えた。「そうですとも、そのとおりです！」

ポアロはリチャードから顔をそむけるようにしてきいた。「ところで、サー・クロードは書斎からいつ、出てこられたんですか？」

「彼らがそのドアを開けようと必死になっていたときです」とリチャードが言った。

「彼らと申しますと？」

「レイナーとドクター・カレリです」

「開けてほしいとおっしゃったのはどなたでしょうか？」

「妻のルシアです」とリチャードが答えた。「妻はずっと気分がすぐれなかったようで」

ポアロは同情に堪えないというようにつぶやいた。「お気の毒に！　けさはご気分がよくなっているとよろしいんですがね。どうしても奥さまに伺いたいことが一つ、二つ、あるものですから」

「申し訳ないが、それは無理だと思いますよ。どなたにしろ、お目にかかれるような状態ではありません。まして質問に答えるなど、問題外でしょう。いずれにせよ、妻が答えられるようなことは、ぼくが代わって十分お返事できると思いますし」

「ごもっともです。しかし、ムシュー・エイモリー、女性は鋭い観察力をお持ちで、しばしば細かいことまで見て取っておいでですから。でもまあ、お話を伺うのは叔母さまのミス・エイモリーでもよろしいでしょう」

「あいにく叔母はベッドで休んでいます」とリチャードが急いで言った。「父の死にひどいショックを受けたようで」

「なるほど」とポアロは考えこんでいるようにつぶやいた。ちょっと沈黙が続いた。リチャードは困惑しきった面持ちで立ち上がってフランス窓のほうに歩きだした。

「少し新鮮な空気を入れましょう。ここはとても暑い」

「イギリスの方々はみなさん、外気を家の中にまで入れようとなさるんですねえ」

「構わないでしょうか？」

「私の意見をおききですか？　もちろん、構いませんとも。私はお国のすべての日常的習慣を取り入れるようにつとめてまいりました。どこに行っても、イギリス人と間違えられるくらいですよ」長椅子にすわっていたヘイスティングズはついニヤリとしていた。

「ですが、ムシュー・エイモリー、あの窓は何か斬新な仕組みで鍵がかかっているのではなかったでしょうか？」

「そのとおりです。けれども父の鍵束の中にこの窓の鍵がありましたから」と鍵束をポケットから取り出して、リチャードはフランス窓のところに行き、鍵を回して窓を開けはなった。

ポアロはリチャードから、そして窓と新鮮な空気からずっと離れた腰掛けにすわり、ブルッと身を震わせた。一方、リチャードは息を深く吸いこみ、一瞬、庭を見下ろしたが、やがてある決断に達したような面持ちでポアロのそばにもどってきた。

「ポアロさん、回りくどい言い方はいたしますまい。妻が昨夜あなたに、どうかこの屋敷に残っていただきたいとお願いしたことは知っております。しかし、あのとき、妻ははなはだしく動揺しており、ヒステリックになってもいて、自分で自分が言っていることがよくわかっていなかったのです。ぼくは当事者として率直に申し上げたい。ぼく自身はあの化学式の行方など、どうでもいいのです。父は金持ちでしたし、父の発見にはおそらく、莫大な金銭的価値があるに違いありません。しかしぼく自身は、自分が現在持っている以上の金は必要といたしません。この事柄について、父のように熱狂的関心をいだいているというふりをすることもできません。この世界には現在でさえ、爆発物は多すぎるくらい、たくさんあるんですから」

「なるほど」とポアロは低い声でつぶやいた。

「つまり、ぼくは言いたいのです。この問題の調査はここで打ち切るべきだと」

ポアロはひどく驚いたときにする、いつもの身ぶりをして眉を吊り上げた。「ということは、私にもう帰ってもらいたいと言われるわけですか？　これ以上の調査を打ち切って？」

「ええ、そのとおりです」とリチャード・エイモリーは当惑したような表情を浮かべ、顔をなかばポアロからそむけるようにして答えた。

「しかし、誰が問題の化学式を盗んだにしろ、その人物がそれを自分のために役立てようとするのはわかりきったことではないでしょうか？」

「それはまあ」とリチャードはポアロのほうに振り向いた。「しかしやはり……」

ゆっくりと、意味ありげにポアロは続けた。「ということは、あなたはその——何と申しましょうか——疑惑の烙印を押されることを意にも介さないとおっしゃるので？」

「烙印ですって？」とリチャードが鋭い口調できき返した。

「化学式を盗む機会をもっていたのは五人の人間です。そのうちの一人の有罪が証明されない限り、残りの四人の無実は明らかにならないわけです」

ポアロがこう言っているあいだに、執事のトレッドウェルが部屋に入ってきていた。リチャードが「しかしぼくはその――」と口ごもったとき、トレッドウェルが遠慮がちに口をはさんだ。「失礼いたします。ドクター・グレアムがお目にかかりたいとおっしゃっておられますが」と告げた。

ポアロの追及を一時にもせよ、逃れられる機会を喜んでいるように、リチャードは「すぐ行くよ」と言って、ポアロのほうを振り向いて堅苦しい口調で「そんなわけですから」と言い残し、トレッドウェルといっしょに出て行った。

二人の姿が消えたとき、ヘイスティングズが長椅子から立ち上がってポアロに近づき、興奮を抑えかねる様子できいた。「つまり、毒殺と決まったってことでしょうかね？」

「何のことです、ヘイスティングズ？」

「毒殺だったんだ、やっぱり！」とヘイスティングズは二、三度、大きくうなずいた。

9

　ポアロは愉快そうに目を輝かして友人を眺めた。「きみは何かにつけて、ドラマティックな見方をするんですねえ。うがった結論というと、これはとばかり、たちどころに飛びついて」

「ちょっと、ポアロ」とヘイスティングズは抗議した。「そんなふうにぼくをいなそうとしてもだめですよ。まさかあなたは、サー・クロードが心臓発作で亡くなったというふりをするつもりじゃないでしょうね？　昨夜の彼の死が毒物による殺人事件だということは、誰が見てもはっきりしているじゃないですか。それにしてもリチャード・エイモリーはあまり利口な男とは言えませんね。毒殺事件だとは、夢にも考えていなかったようじゃありませんか」

「きみはそうは思わなかったんですね、モナミ？」

「ええ、ぼくにはすぐわかりましたよ。ドクター・グレアムが死亡診断書は書けないし、死因審問の必要があると言ったときにね」

ポアロは軽い溜め息をついた。「そう、確かにドクター・グレアムは検死の結果を携えて、けさがた、訪ねてこられたんでしょうし、きみの推測が正しいかどうかは数分後にははっきりするでしょう」なお言葉を続けようとしてポアロは急に言葉を切って、炉棚に歩みより、ライター代わりのこよりを入れた壺の位置を正しく置き直そうとした。

ヘイスティングズはしょうがないなというような、愛情のこもったまなざしでその様子を打ち眺め、「まったく、ポアロ、あなたはどこまでも几帳面なんですね」と言った。

「このほうがずっときちんとして見えるとは思いませんか?」と頭をかしげて眺めながらポアロは言った。

ヘイスティングズは鼻を鳴らした。「その壺がどんな具合に置かれていたか、もともとぼくは気にしちゃあいませんでしたがね」

「やれやれ!」とポアロはあきれはてたと言わんばかりに指を一本突き出して振った。「左右対称、均整調和こそ、すべてなんですがねえ。どこもかしこもきちんと均整が取れていなくてはなりません。とくにこの中の」と自分の頭をたたき、「灰色の脳細胞はきちんと整頓されていなくては」と結んだ。

「また脳細胞の話ですか? 教えてください。そのあなたの脳細胞はこの事件について、どういう解釈を下しているんですか?」

ポアロは長椅子のほうに歩き、答えるのに先立って腰を下ろしてヘイスティングズの顔をじっと眺めた。その目は猫が目を細めたときのように糸のように細く、緑色にきらめいていた。「ヘイスティングズ、きみもきみの灰色の脳細胞を用立てて、この私のように事件の全容をはっきり見ようとつとめるなら、真相を見て取ることができるのではないでしょうかね」と自己満足たっぷりに彼は言い、「しかし」と寛容なところを見せているつもりらしくつつましくつけ加えた。「ドクター・グレアムがここにこられる前に、わが友ヘイスティングズのご高見を拝聴しましょうか」

「ええ」とヘイスティングズが勢いこんで言った。「秘書の椅子の下で鍵が見つかったというんですから、秘書が怪しいですね」

「そう思いますか、ヘイスティングズ?」

「もちろんですよ。しかし全体として、ぼくはイタリア人に一票を投じますね」

「なるほど、謎のドクター・カレリですか」

「謎の——そう、まったく彼にはうってつけの形容詞です」とヘイスティングズは言った。「いったい、ドクター・カレリはこのイギリスで何をしているんでしょうか? サー・クロードの化学式をねらっているに違いないと、ぼくは睨んでいます。おそらく外国政府の密偵ですよ。どういうことか、もちろん、わかりますよね」

「ええ、確かに」とポアロは微笑を含んで言った。「私もたまには映画鑑賞に出かけますから」

「サー・クロードが本当に毒殺されたとすれば」とヘイスティングズはここぞとばかり、いい気持ちで弁じていた。「なんといってもドクター・カレリが本命ですよね。ボルジア家のことを思い出してください。毒殺というのはもともとイタリア的な犯罪ですからね。ぼくが心配しているのは、カレリが化学式を入手して逃げてしまわないかということです」

「おそらくそんなことにはならないでしょう」とポアロは首を振った。

「どうしてそう言えるんですか？」

ポアロは椅子に背をもたせかけて、例によって両手の指を突き合わせて言った。「正確なところはわかりませんし、ぜったいに確かとは言いませんが、私なりに思いついたことがあるんですよ」

「どういう意味ですか？」

「あの化学式はいま、どこにあると思いますか？　頭のいいきみのことだ。教えてもらいたいですね」

「そんなこと、ぼくが知るもんですか」

ポアロは、一考の余地を与えようとばかり、ヘイスティングズの顔を見返した。それから、「まあ、考えてみてください、モナミ」とはげますように言った。「あなたの考えを整理することです。秩序正しく、順序立てて。それこそ、成功の早道なんですから」ヘイスティングズが当惑したように頭を振るのを見て、ポアロは手がかりを与えようとしてつけ加えた。「化学式がどこかに隠されているとすれば、それが可能なのは一カ所だけですよ」

「いったい、どこですか、それは？」とヘイスティングズは苛立ちを隠そうともせずに詰問した。

「もちろん、この部屋の中ですがね」ポアロの顔にはチェシャー・キャット並みの笑みがこぼれていた。

「どういう意味です？」

「そう、ヘイスティングズ、事実そのものを考察することです。あの忠実なトレッドウェルの言うところによると、サー・クロードは問題の化学式がこの部屋から持ち出されないように、ある種の手段を講じていたらしい。したがってわれわれの到着をサー・クロードがだしぬけに宣言して家族を驚かせたときには、化学式を盗んだ者はまだそれを身につけていたと思われます。とすると、彼としてはどうしなければならなかったでしょうか？ このポアロが到着したときに、化学式を身につけていることが露見しては一大事です。とすると、彼には二つの道しか、残されていなかったでしょう。すなわち、サー・クロードが提案したような方法でそれを返すか、それとも一分間の真っ暗闇にまぎれてどこかべつな場所に隠すか。第一の手段を取らなかったのですから、第二の手段を取ったに違いありません。というわけで《ヴォアラ》、私に言わせると化学式がこの部屋の中に隠されているということは明らかです」

「まったく、ポアロ！」とヘイスティングズは興奮して大声を上げた。「あなたの言うとおりだと思いますよ！ 探してみようじゃありませんか！」ヘイスティングズは立ち上がって、机の前に行った。

「構いませんよ、きみがそうしたいと思うならね。ですが、きみよりずっと容易に化学式を見つけることができる人がいるようですがね」

「へえ、誰です？」

ポアロは口髭をもったいらしくひねった。「それを隠した人物ですよ、もちろん《パルブルー》！」

帽子からウサギを取り出して見せる手品師のような身ぶりをして、ポアロは言った。

「するとつまり……」

「つまり」とポアロは嚙んでふくめるように言った。「化学式を盗み出して隠した者は、おそかれ早かれ、それを取り出そうとするでしょう。だから、きみなり、私なりがいつも目を光らせている必要があるんですよ」ドアが音もなく、ゆっくりと開く気配にポアロは急に言葉を切って、部屋に入ってきた者にすぐ気づかれないように蓄音機のそばに立ち、ヘイスティングズにも手招きをした。

10

ドアが開いて、バーバラ・エイモリーがあたりに気を配りながら入ってきた。壁際に置かれていた椅子を取ると、バーバラはそれを書棚の前に据えてその上に乗り、例のブリキ缶に手を伸ばした。その瞬間、ヘイスティングズがくしゃみをした。バーバラはハッと驚いたはずみに缶を取り落とした。「まあ、誰もいないと思っていたものだから！」

ヘイスティングズが走り出てブリキ缶を拾い上げると、ポアロがそれを彼の手から引き取った。「こちらに置きましょう、マドモアゼル、あなたには重すぎますよ」と言いながら、ポアロはその缶をテーブルの上に置いた。

「この缶には大切にしておいでのコレクションでも入っているのでしょうか――野鳥の卵とか、貝殻とか？」

「いいえ、もっと散文的なものですわ、ムシュー・ポアロ」とバーバラは少々ドギマギした様子で笑った。「錠剤とか、粉薬とか」

「おやおや、あなたのように若くて、お元気で、健康美に輝いておいでの方はそんなものとは縁がなさそうですがね」

「あたしが要るわけじゃないんですの。ルシアにと思って。ルシアがけさは、ひどい頭痛がするって言うものですから」

「お気の毒に《ラ・ボーヴル・ダム》」とポアロは同情に堪えぬというようにつぶやいた。「それで何か薬がほしいと？」

「ええ、アスピリンを二錠、あげたんですけどね、もっとよく効くものはないかって言うもので、缶ごと、取ってきてあげるって言ったんです——もしもこの部屋に誰もいなかったらって」

ポアロは両手を缶の蓋の上に置き、考えこんでいるように言った。「もしもこの部屋に誰もいなかったら——ですか、マドモアゼル。誰かいたら、問題なんでしょうか？」

「こういう家ですからね」とバーバラは説明した。「ちょっとしたことが大騒ぎになるんですの。キャロライン叔母さまは何かっていうと、年取った雌鶏みたいにおおげさに騒ぎたてるたちだし、リチャードはリチャードでうるさくて、おまけにまるっきり役立たずときてるし。もっとも女性の具合がわるいとき、男性はみんな、役立たずですけどね」

「わかりますとも。よくわかります」とポアロは彼女の説明を受け入れたように大きくうなずきつつ、指先を缶の蓋に走らせた後、その指先をチラッと眺めた。それからつつましく咳ばらいをして続けた。「お宅のメイドさんはうらやましいように行き届いていますねえ、マドモアゼル」

「どういうこと？」

ポアロは缶を示して言った。「この缶の蓋には塵《ちり》一つ、ついていません。わざわざ椅子の上に乗って、はたきを掛けるなんて、たいていのメイドさんはそれほど良心的ではありませんからね」

「ええ、昨夜、あたしもおかしいと思ったんですよね。蓋がぜんぜん、埃《ほこり》っぽくなかったものだから」

「ではこの薬の缶は昨夜も取り下ろされたんですか？」

「ええ、ディナーの後でね。病院から持ってきたものが詰まってるのよ、その缶」

「病院から持ってきたものがねえ。ちょっと拝見しましょうか」とポアロは缶の蓋を取って薬瓶をいくつか取り出して差し上げ、おおげさに眉を吊り上げた。「ストリキニーネ——アトロピン——ちょっとしたコレクションですねえ！　おや、ここにヒオスシンの小瓶がある。ほとんどからですよ、これは！」

「なんですって？　昨夜はどの瓶もいっぱい入っていたのよ。それは確かだわ」

「ところがこのとおり《ヴォアラ》！」とポアロは小瓶の一つを差し出し、それからそれをそっと缶の中に納めた。「不思議ですねえ！　あなたはいま、ここにある――薬瓶《ファイアル》ですか――この瓶のどれにも薬がいっぱい入っていた――そうおっしゃいましたね？　昨夜、この缶はどこにあったんでしょう、マドモアゼル？」

「書棚の上から下ろして、このテーブルの上に置いたのよ。ドクター・カレリが一つ一つ、調べて、注釈を加えてなさったわ。それから……」

バーバラは中途で言葉を切った。ルシアが入ってきたのだった。ルシアはポアロとヘイスティングズを見て、びっくりしたように立ち止まった。誇り高い、青ざめた顔は朝の明るい日ざしの中で心労にやつれて見え、口のあたりの線が憂わしげだった。

バーバラが急いで近よった。「起きてこないほうがよかったのに。どっちみち、いま行くところだったのよ」

「頭痛はずっとよくなったわ、バーバラ」とルシアは答えたが、その目はポアロに向けられていた。「あたし、ムシュー・ポアロにお話があって降りてきましたの」

「でもルシア、あなた、まだもう少し……」

「お願いよ、バーバラ」

「まあ、あなたの体なんですものね。余計なことを言うのはやめておくわ」とバーバラが戸口に向かって歩きだすと、ヘイスティングズが飛んで行ってドアを開けた。バーバラが出て行くと、ルシアは椅子に歩みよってすわった。「ムシュー・ポアロ……」

「どうか、何でも仰せください」とポアロは慇懃な口調で言った。

ルシアはためらいがちに口を開いた。その声はかすかに震えていた。「ムシュー・ポアロ、昨夜、あたし、あなたにお頼みしましたわね。このまま、この家にお留まりくださいって。お頼みしたっていうより、必死になってお願いしましたわ。でもけさになって、あたし、それは間違いだったって気づいたんですの」

「間違いだった――はっきりそうお思いなんですね？」

「ええ、はっきり。昨夜はあたし、神経がたかぶってどうかしていたんですの。あたしのお願いを聞いてくださって、とても感謝していますわ。でも考えてみましたら、やっぱりお帰りいただいたほうがいいように思います」

「それはまた《セ・コムサ》！」とポアロは聞こえないように低くつぶやいたが、ルシアに向かって、「なるほど」と当たらずさわらずの返事をした。

椅子から立ち上がって、ルシアはおずおずとポアロの顔を見やってきいた。「ではこれで、あの……」

「というわけにもまいりませんね、マダム」とポアロは一歩、ルシアのほうに踏みだして言った。「覚えておいでかどうか――奥さまは、サー・クロードが自然の経過をたどって亡くなられたとは思えない――そういう意味のことを仰せでしたが……」

「昨夜はヒステリカルになっていたものですから。何を言ったか、自分でもよく覚えていないくらいですの」

「とするといまは、お父上の死は自然死だとお思いになっておいでなんでしょうか？」

「ええ、そう確信しております」

ポアロは眉をちょっと上げて、ルシアの顔を黙って見返した。

「なぜ、そんなふうにあたしをごらんになりますの？」とルシアはハッとしたように言った。

「猟犬は、マダム、ときとしてなかなか臭跡に気づかぬことがあるものでしてね。しかしいったん臭跡を追いはじめますと、どんな障害があろうとあくまでも追いつづけます――優秀な猟犬の場合ですが。しかもマダム、このエルキュール・ポアロは超一流の猟犬です」

ルシアはひどく動揺しているらしく、今度ははっきり言った。「ええ、でもあなたにはどうしてもお帰りいただかないと！　お願いですわ！　後生ですからお帰りになってください！　おわかりにならないでしょうけど、あなたがいらっしゃると困ったことに、たいへん困ったことになりかねないんですの」

「困ったことと？　あなたにとってですか？」

「あたしたちみんなにとってです、ムシュー・ポアロ。これ以上は申し上げられませんわ。でもどうか、あたしの言うことを信じてください。あなたを初めて見たときから、あたし、あなたは頼りになる方だと思いました。でもお願いですから――」

ドアが開いたので、ルシアはあわてて言葉を切った。リチャードがドクター・グレアムと連れ立って入ってきたのだった。リチャードはショックを受けたように呆然とした表情を浮かべていたが、妻の姿を認めて、「ルシア！」と叫んだ。

「リチャード、どうかして？」とルシアは心配そうに夫に走りよった。「何かあったのかしら？　何かまた、恐ろしいことが起こったのね？　あなたの顔を見ればわかるわ。ねえ、話してくださいな」

「べつに」とリチャードは妻を安心させようと、わざと磊落《らいらく》に言った。「ちょっとここをはずしてくれるかい？」

ルシアは探るように夫の顔を見た。

「あたしも――ここにいては――いけないのかし

「お願いだよ」

ら？」と言いかけたが、リチャードはドアに歩みよってサッと開けた。

懸念のこもる視線を夫に投げて、ルシアはようやく部屋を後にした。

11

例のグラッドストン・バッグをコーヒー・テーブルの上に置いて、ドクター・グレアムは長椅子のところにつかつかと歩みよってすわった。「どうやら厄介なことになったようです、ムシュー・ポアロ」

「厄介なことといいますと？　つまり、サー・クロードの死因がわかったんですね？」

「サー・クロードの死は強力な植物性アルカロイドによる中毒死です」

「たとえばヒオスシンのような？」とポアロはテーブルの上からブリキ缶を取り上げて言った。

「ええ、まさに」とドクター・グレアムはポアロの的を射た推測に驚いているような口調で言った。

ポアロは缶を持って部屋の反対側に行き、それを蓄音機ののっているテーブルの上に置いた。ヘイスティングズも友人のあとに続いた。一方、リチャードはドクター・グレアムと並んで長椅子に腰を下ろした。「どういうことなんだ、いったい？」とリチャードがきいた。

「そう、まず警察の介入が不可避になったということだ」

「ほんとかね？」とリチャードはショックを受けたように叫んだ。「何て恐ろしい！内々ですませるわけにはいかないんだろうか？」

答える前に、ドクター・グレアムはリチャード・エイモリーの顔をじっと見つめた。それからことさらにゆっくり言った。「リチャード、わかってほしい。ぼくはこの恐ろしい事件について、誰にもまして心外に思い、悲しんでいるんだよ。とくにこの場合、毒物をサー・クロードがみずから服用した可能性はほとんどないと思われるからね」

リチャードは答える前に数秒沈黙していたが、「つまりきみは、これは殺人事件だと言っているわけか」と震える声でたずねた。

ドクター・グレアムは沈黙したまま、重々しくうなずいた。

「殺人事件だって！　いったい、どうしたらいいんだ？」

それまでよりもう少してきぱきと、事務的に、グレアムは今後のことについて説明した。「検死官にはすでに知らせておいた。死因審問は明日、キングズ・アームズで行なわれるはずだ」

「つまり――その――警察が乗り出すってことか？　警察の介入を避ける道はないと言うんだね？」

「ああ。それはきみにだってわかるだろう、リチャード」

リチャードは興奮した声で叫んだ。「しかしなぜ、きみは前もってぼくらに――」

「ねえ、リチャード、落ち着きたまえ。ぼくなりに、ぜったいに必要だと思う措置《そち》を取ったに過ぎないということは、きみにだってわかるだろう」とグレアムがさえぎった。「この種の事件では一刻の猶予も許されないんだからね」

「ああ、何てことだ！」とリチャードは叫んだ。

グレアムは前よりやさしい声音《こわね》で言った。「リチャード、わかるよ、よくわかる。きみにとってはたいへんなショックだったろう。しかしぼくとしても、きみに問いたださなければならないことがあるんだよ。何とか気を取り直して、二、三の質問に答えてもらえないだろうか」

リチャードは気丈に振る舞おうと痛ましい努力をしつつ、問い返した。「何か、ききたいことでも？」

「まず、昨夜のディナーのとき、きみの父上はどういったものを飲み食いされたんだろう？」

「そうだね、みんなと同じものを食べたと思うよ。スープ、シタビラメのフライ、カツレツ、最後がフルーツサラダだった」

「飲み物は？」とドクター・グレアムがきいた。

リチャードはちょっと考えてから答えた。「父とキャロライン叔母はバーガンディー、レイナーも同じだったと思う。ぼくはもっぱらウイスキー・ソーダだった。ドクター・カレリは終始白ワインで通していた」

「ああ、謎のドクター・カレリか」とグレアムはつぶやいた。「立ち入ったことをきくようだが、リチャード、きみはこのカレリという人物について、正確にいって、どの程度知っているんだね？」

リチャードが何と答えるかと関心をもって、ヘイスティングズは二人の男のほうに近よった。リチャードは答えた。「何一つ知らないんだよ。昨日までは会ったこともなかったし、噂に聞いたこともない」

「しかし、きみの奥さんの友人なんだろう？」

「そうらしいね」

「親しい友人なのかね？」

「いや、ちょっとした知り合いというだけらしいよ」

グレアムは軽く舌を鳴らして、首を振った。「まさかきみは彼に、この家から立ち去っていいとは言わなかったろうね？」

「とんでもない。昨夜、ぼくは彼に、この事件がすっかりかたづくまでは――つまり化学式が盗まれたことについてだが――この家に留まってもらわないと困ると言っておいたよ。彼が泊まっていた宿屋に使いをやって、荷物を持ってこさせもした」

「それにたいして、彼は何も文句は言わなかったのかね？」とグレアムはちょっと驚いたようにきいた。

「ぜんぜん。二つ返事で承知したよ」

「ハハン」とグレアムは鼻を鳴らした。それからまわりを見回してきいた。「ところで、この部屋の中は調べたんだろうか？」

ポアロが二人に近づいた。「ドアはいずれも昨夜、執事のトレッドウェルが施錠しました」と彼はドクター・グレアムに請け合った。「鍵は私が持っています。この部屋の中は、椅子を多少動かしたくらいで、すべて昨夜のままです」

ドクター・グレアムはテーブルの上のコーヒーカップに目を留めて、指さしてきいた。「このカップですか？」テーブルに近よってカップを取り上げて、ちょっとにおいを嗅いだ。「リチャード、きみの父上はこのカップからコーヒーを飲まれたんだね？　これはぼくが預かっておくほうがよさそうだ。分析してみる必要があるだろう」カップをコーヒー・テーブルのところに持っていって、彼はバッグを開けた。

リチャードが跳び上がって、「まさか、きみは――」と言いかけて、唐突に言葉を切った。

「毒物がディナーの際に盛られたという可能性は低そうだ。とすればヒオスシンはサー・クロードのコーヒーに混入されたという説明が妥当だろう」とグレアムが言った。

「ぼくは――その――」とリチャードは立ち上がってグレアムのほうに一歩踏みだそうとしたが、どうしようもないと言わんばかりの身ぶりをして、フランス窓から唐突に庭に出ていった。

ドクター・グレアムはカバンから脱脂綿の小さな箱を出し、カップをそっとその中にしまいながら、ポアロに言った。「いやな事件ですね。リチャード・エイモリーが取り乱しているのも無理はありませんよ。新聞はイタリア人の医師と彼の奥さんとのあいだの友情について書き立てるでしょうし、中傷というやつは、容易には振りはらえませんから。あの奥さんも気の毒に！　そんな誹謗にはまったく何の根拠もないかもしれないのに。カレリという男は何かもっともらしいきっかけを摑んで、彼女と親しくなったんでしょうね、おそらく。悪知恵に長《た》けていますからね、外国人のああした手合いは。もちろん、予断にもとづいてこんなことを言うのは感心しませんが。しかしまあ、ほかに考えようもないじゃないですか？」

「つまり、ドクター・カレリが絡んでいるのはわかりきったことだとおっしゃるわけで？」とポアロはヘイスティングズと顔を見合わせながらきいた。

「まあね」とドクター・グレアムは説明した。「サー・クロードの発明にはたいへんな価値がありますからね。氏素姓もはっきりしない、このイタリア人の男が訪ねてきた。その直後にサー・クロードが不可解な方法で毒殺されたっていうんですから」

「なるほど、例のボルジア家の伝ですか」

「はあ？」とグレアムは怪訝そうにきき返した。

「いえ、べつに」

ドクター・グレアムはカバンを取り上げて、帰ろうとしてポアロに片手を差し出した。

「じゃあ、失礼しましょうか」

「いずれまたお目にかかれると思いますが、失礼します、ドクター」とポアロは差し出された手を握った。

ドクター・グレアムは戸口で立ち止まって振り返った。「さようなら、ムシュー・ポアロ。警察が到着するまで、現場が保全されるように気をつけていただけますね？これは非常に重大なことでして」

「確かに、私の責任においてそのように気をつけましょう」とポアロは請け合った。

ドクター・グレアムが後ろでドアを閉めて立ち去ると、ヘイスティングズがぼっそり言った。「ねえ、ポアロ、この家で病気になりたくはないですね。毒殺魔が跳梁《ちょうりょう》しているようだし、それにぼくは、あの若い医者もあんまり信用できないような気がしているんですがねえ」

ポアロはちょっと奇妙な表情をたたえてヘイスティングズを見返し、「まあ、病気にかからないうちに、この屋敷を引き払ったほうがいいということですかね」と炉の前に行って呼び鈴を押した。「さてヘイスティングズ、仕事にかかりますか」と言いながら、ポアロは不思議そうにコーヒー・テーブルを眺めている友人の脇に立った。

「仕事って、何をするつもりですか？」

「きみと私と二人で、われらのチェザーレ・ボルジアにインタビューしようじゃありませんか」

このとき、トレッドウェルが現われた。「お呼びでしょうか？」

「ああ、トレッドウェル、イタリア人のあのお客——ドクター・カレリとかいう——によかったらこちらにおいで願えないかと伝えてもらいたいのだがね」

「かしこまりました」とトレッドウェルが立ち去ると、ポアロはテーブルの上の薬の入ったブリキ缶を取り上げて、「ひどく危険な薬が入っていることでもあり、これは元の場所にもどしておいたほうがいいんじゃないですかね。せいぜい整然と、秩序正しく行動しようじゃありませんか」と言った。

缶をヘイスティングズに渡し、自分は椅子を書棚の前に置いて、ポアロはその上に乗った。

「すべからく秩序と均整を保てってことですか、ポアロ」とヘイスティングズが言った。

「まあ、それだけじゃないんでしょうが」

「どういうことです？」

「わかっていますよ。カレリをおびえさせたくない——あなたはそう思っているんでしょう？　昨夜、この中の薬に手を触れた人間のうちには確かに彼もふくまれています。この缶がテーブルの上にのっているのを見たら、彼としても警戒心をいだくでしょうからね」

ポアロはヘイスティングズの頭を軽くたたき、「さすがヘイスティングズ、あいかわらず鋭いですねえ」と彼の手から缶を引き取った。

「あなたの考えていることくらい、ぼくにはお見通しですよ。ぼくの目をごまかそうと思っても無理というものです」

ヘイスティングズの言葉を聞き流してポアロは書棚のいちばん上の棚に指を走らせ、おかげでヘイスティングズの仰向けた顔の上にハラハラと埃《ほこり》が落ちた。「どうやら、ヘイスティングズ、私はこの屋敷のメイドたちを過分に誉めすぎたようですね」ともう一度、指を書棚の上に走らせながらポアロは顔をしかめた。「この書棚には埃がこってり積もっている。ぬれ雑巾でもあれば棚をきれいにするんですが」

「ポアロったら、まったくどうかしているなあ！」とヘイスティングズは笑いだした。「あなたはメイドじゃないんですからね」

「そう、私はあいにく一介の探偵にすぎません！」とポアロが悲しげにつぶやくと、

「とにかくその書棚の上には探偵が調査すべきものは何もなさそうです」とヘイスティングズが引き取った。「早く降りておいでなさい」

「確かに何もありませんね」とポアロは言いかけて急に言葉を切り、まるで石の彫像と化したように椅子の上に立ちつくした。

「どうしたんです？」とヘイスティングズが急《せ》きこんだ口調できいた。「とにかく早く降りてきてくださいよ、ポアロ。カレリがいつ、ここにやってこないとも限らないんですから。椅子になんか乗っかっているところを見られたくないでしょうに」

「そのとおりですとも」とつぶやいて、ポアロはゆっくり椅子から降りた。何か考えこんでいるような表情だった。

「いったい、どうしたんです？」

「あることを思いついたんですよ」とポアロは何か遠くのものに思いを馳せているようなまなざしで答えた。

「何を思いついたんです？」

「埃ですよ、ヘイスティングズ、埃です」とポアロは奇妙な声音で言った。

ドアが開いてカレリが入ってきて、ポアロとすこぶる慇懃に挨拶をかわした。面白いことに、ポアロはイタリア語で、カレリはフランス語でしゃべっていた。

「やあ、ムシュー・ポアロ、何かわたしに質問なさりたいことがおありとか《ヴ・ヴレ・ム・ケスチヨネ》？」

「そのとおりです、先生《シニョール・ドットーレ》。お差し支えなければ《シ・レイ・ペルメッテ》」

「おや、イタリア語をお話しになりますので《アレイ・パルラ・イタリアーノ》？」

「はい、しかしフランス語で話すほうがありがたいのですが《シ・マ・プレフェリスコ・パルラレ・イン・フランセーズ》」

「で、私にお訊ねになりたいことといいますと《アロー・ケ・ス・ク・ヴ・ヴレ・ム・ドゥマンデ》？」

「失礼ですが」とヘイスティングズがいらいらと口をはさんだ。「いったい、あなたがた、何の話をしているんですか？」

「そうそう、ここにいるヘイスティングズがあいにく語学に堪能とは言いかねるのを、つい忘れていました。やっぱり、英語で話したほうがよさそうですね」

「いや、どうも失礼しました」とカレリも賛成して、今度は英語でポアロにきいた。いかにも率直そうな態度を装っていた。「お呼びいただいて、ありがたく思っております、ムシュー・ポアロ。お声がかからなかったら、こちらから参上いたすつもりでおりました」

「それはそれは」とポアロは椅子をすすめた。

カレリがすわると、ポアロも肘掛け椅子に腰を下ろした。ヘイスティングズは長椅子にくつろいだ。「ええ」とカレリは言った。「たまたまロンドンに急を要する用事がありまして」

「それで？」

「さよう、昨夜の状況にはきわめて興味深いものがありました。たいへん価値のある書類が盗まれたそうですね。その場に居合わせた顔ぶれのうち、素姓が知れていないのは、この私一人です。ですからもちろん、喜んでこちらに残り、身体検査なり何なり、受けるつもりでおりました。名誉を重んずる人間としては、そうするほかないと考えましたから」

「なるほど。しかし今日はどうなさいますか？」

「今日は話がべつです。さっき申しましたようにロンドンに急ぎの用事もあることですし」

「ではご出立をご希望で？」

「そのとおりです」

「ごもっともです」とポアロはうなずいた。「きみも同意するでしょうね、ヘイスティングズ？」

ヘイスティングズは沈黙していたが、その表情は、ごもっともどころか、とんでもないと言っていた。

「ムシュー・ポアロ、あなたからエイモリーさんにお取りなしいただけるとありがたいのですが」とカレリは言った。「不愉快な思いをするのはごめんこうむりたいのです」

「できますことは何なりとさせていただきます」とポアロは請け合った。「ところで一つ、二つ、お教え願いたいことがあるのですが」

「もちろん喜んで」

ポアロはちょっと考えてからきいた。「マダム・リチャード・エイモリーはあなたの古いご友人なのですか？」

「はい、たいへん古い友人です」と答えて、カレリはホッと嘆息した。「このようなへんぴなところで彼女と再会しようとはまったく望外の喜びでした」

「望外と言われるのですか？」

「はい、思いもかけぬ偶然の出会いでして」とポアロの顔をちらっと見てドクター・カレリは言った。

「思いもかけぬとおっしゃるのですね。世の中にはいろいろと不思議なことがあるものです」

その場の空気に一種の緊張がみなぎったようで、カレリは鋭い視線をポアロに送ったが何も言わなかった。

「あなたは科学の最新の発見に関心をお持ちなんでしょうね？」とポアロはたずねた。

「もちろんです。私は医者ですから」

「なるほど。しかし医学を専攻している人が科学の発見に必ず関心を持っているとは限りませんからね。あたらしいワクチン、あたらしい光線、あたらしい黴菌といったものにはおそらく医者は関心を持つでしょう。ですが、あたらしい爆薬となりますと、医学の学徒の関心の領域とも言えないのではありませんか？」

「いやしくも科学に関する事柄は、すべての科学者の関心事でなければなりません」とカレリは力をこめて言った。「科学のあたらしい発見は、自然にたいする人間の勝利を示しています。人間は自然のはげしい抵抗にもかかわらず、自然からその秘密をもぎ取るのです」

ポアロはうなずいた。「すばらしいことを聞かせていただきました。あなたのおっしゃることは、まるで詩のようです！　しかし友人のヘイスティングズがいま思い出させてくれたように、私は探偵にすぎません。私はもっと実際的な見地に立って物事を観察いたします。サー・クロードのこの発見には――どうやら巨額の金銭的価値があるようですね、そうではありませんか？」

「そういう見方もできますね」とカレリの口調は気のないものだった。「その方面のことはあまり考えたことがありませんので」

「あなたは高潔な人格者でいらっしゃるようです。それに裕福でもいらっしゃるのでしょう。旅行を好まれるというのも、趣味としてはなかなか金がかかりますから」

「人間、誰しも、自分が住んでいる世界を見るべきでしょうからね」

「ごもっともです。それに、そこに住む人々もね。この世の中にはかなり変わった人種も住んでいますから。たとえば泥棒です。泥棒の心理というものは、相当風変わりに相違ありません」

「おっしゃるとおり、変わっておりましょうな」

「恐喝者の心理もおそらくね」

「どういう意味ですか、それは？」とカレリは鋭い口調で詰問した。

「恐喝者の心理も風変わりなものに相違ない——そう言ったんですよ」気まずい沈黙がはさまり、ややあってポアロはまた続けた。「しかし、どうやら話題が脇道にそれてしまったようです。当面、私たちはサー・クロード・エイモリーの死を問題にしていますのにね」

「サー・クロード・エイモリーの死ですって？　どうしてそれが当面の問題なんでしょう？」

「そうそう、あなたはまだご承知なかったんでしたね。サー・クロード・エイモリーは心臓発作で亡くなられたわけではないのです。毒殺されたんですよ」ポアロはこう言いながら、イタリア人の医師のこの言葉にたいする反応をじっと見守った。

「そうでしたか！」とカレリは大きくうなずいた。

「あまり驚かれたようでもありませんね」

「率直に言って、驚きませんでした。昨夜もひょっとしたらと思ったくらいです」

「ではおわかりでしょう。事件は単なる窃盗事件以上に重大な様相をおびることになりました」ポアロの声音は微妙に変わっていた。「したがってドクター・カレリ、あなたもこの屋敷からお出になるわけには行きませんでしょう」

ポアロのほうに身を乗り出して、カレリはたずねた。「ムシュー・ポアロ、あなたはサー・クロードの死と化学式の盗難とを結びつけてお考えなんでしょうか？」

「もちろんです。あなたはそうはお考えになっていないんですか？」

カレリは早口に、つよい口調で言った。「この家の家族の一員で、化学式の問題とまったく関係なしに、サー・クロードの死を願っていた者はいないのでしょうか？　この家の多くのメンバーにとって、サー・クロードの死は何を意味しているでしょう？　お答えしましょう。それは自由を意味しています、ムシュー・ポアロ、さらにそれはいまあなたがおっしゃったもの、すなわち金銭をも意味しています。サー・クロードは暴君でした。自分の愛している仕事に関しては金を惜しみませんでしたが、その他のものについては彼はたいへん吝嗇《りんしょく》でした」

「そうしたことを昨夜、観察して看取なさったのですか、博士？」とポアロは他意なげにきいた。

「だとしたら、どうだとおっしゃるのです？　私には目がありますから、物事を見て取ることができます。昨夜この部屋に居合わせた人々のうち、少なくとも三人は、サー・

クロードがこの世の人でないといいと思っていた——私はそう考えております」カレリは立ち上がって炉棚の時計を見た。「しかし、そんなことには、現在の私は関心がありません」

ヘイスティングズが興味ありげに身を乗り出したが、カレリは言葉を続けた。「ロンドンに約束があるのですが、どうやら守るわけには行かないようですね。腹立たしいことです」

「お気の毒に思いますが、いたしかたありますまい」とポアロは言った。

「ところで、これ以上、私にお訊ねになりたいことがなければ失礼いたしますが」

「さしあたってはとくに何も」

カレリは戸口に向かって歩きだした。「もう一つだけ、申し上げておきましょう、ムシュー・ポアロ」と彼はドアを開けて振り返り、ポアロに向かって言った。「この世の中には、追いつめられると何をするか、わからないという点で危険な女性がいるものです」

ポアロは慇懃に一礼した。カレリもこれに応えて、いささか皮肉めいた物腰で頭を下げて部屋から出て行った。

12

カレリの後ろ姿を見送って、ヘイスティングズは怪訝そうにつぶやいた。「いったい、ポアロ、どういう意味ですかね、彼が出て行く前に言ったことは？」

ポアロは肩をすくめた。「なに、たいしたことじゃありませんよ」

「しかしポアロ、あれは何かをほのめかしていたんじゃないかなあ」

「もう一度、呼び鈴を押してもらえませんか、ヘイスティングズ」というのが、これにたいするポアロの返事だった。ヘイスティングズは言われるままに呼び鈴を押したが、もう一度質問せずにはいられなかった。「で、これからどうするつもりですか？」

ポアロは例によって謎めかした返事をした。「いずれ、わかりますよ、ヘイスティングズ。忍耐はすばらしい美徳です」

トレッドウェルが入ってきて、例によって慇懃に、「お呼びでございましたか？」ときいた。

ポアロは愛想よく笑いかけて言った。「ああ、トレッドウェル、ミス・キャロライン・エイモリーに、お差し支えなかったら二、三分、時間をさいていただけないだろうかとご都合を伺ってもらいたいんだがね」

「かしこまりました」

「ありがとう、頼むよ」

執事が出て行くと、ヘイスティングズはたまりかねたように叫んだ。「しかし、ポアロ、あのおばあさん、確か、まだやすんでいるはずじゃないですか。気分がすぐれないから起きてこないんでしょうに、無理に起こすつもりなんですか？」

「あいかわらず、消息通ですねえ。ミス・エイモリーはまだおやすみなんですか？」

「そのはずですよ」

ポアロは友人の肩を愛情をこめてたたいた。「まさにそれに関して、私は確かめたかったんですがね」

「そうに決まっていますよ。リチャード・エイモリーもさっき、そう言っていたじゃないですか？」

ポアロは友人の顔をじっと見返した。「ヘイスティングズ、仮にも一人の人間が殺されたんですよ。ところが家族の反応はどういったものでしょう？　あっちを向いても、こっちを向いても、嘘ばかり！　マダム・リチャード・エイモリーは私をこの屋敷から出て行かせたがっている。なぜか？　リチャード・エイモリーも私を去らせたがっている。どうしてなのか？　それに彼は私を叔母に会わせまいとしている。私に聞かせたくないことを彼女がしゃべることを恐れているのだろうか？　われわれの目の前には興味つきないドラマが展開されています。これは単純な、きたならしい犯罪ではありません。これはドラマです。痛切な、人間的なドラマですよ、ヘイスティングズ」

この主題について、ポアロはなお説き進みそうだったが、このとき、キャロライン・エイモリーが入ってきた。

「ポアロさん」とドアを閉めながら彼女は言った。「トレッドウェルから、あなたがわたしにお会いになりたいとおっしゃっていると聞きましたが」

「はい、マドモアゼル」とポアロは彼女を迎えて言った。「二、三、伺いたいことがありまして。おすわりくださいませんか」とテーブルのそばの椅子に導いた。キャロラインはしおれた表情でポアロの顔を見つめた。「今度のことで、すっかり打ちのめされておいでだとうかがっています」と言いながら、ポアロはテーブルをはさんで彼女と向かい合わせに座を占めた。「おそらくショックで、ご気分がすぐれなかったんでしょうね？　お察しいたしますよ」

「もちろん、恐ろしいショックでございましたわ」とキャロラインは嘆息した。「でもわたしが日ごろから申しておりますように、誰かがしっかりしていませんとね。使用人たちはもうあたふたして何も手につかないようですの」と少し早口に続けた。「使用人がどういうふうか、あなたはよくよくご承知でいらっしゃいましょう？　お葬式っていうとはりきるんですのねえ、ああいう人たちは！　結婚式よりお葬式のほうが好きなんじゃないでしょうかね。ドクター・グレアムはもちろん、そりゃあご親切で、頼りになりますわ。腕のいい、よくできたお医者さまで、それにバーバラにたいそう好意をお持ちですし。リチャードがあの方をあまり好きでないようなのは残念だと、わたし、つねづね思っていましたのよ。ええと――何を申し上げていたんでしたかしら？　ああ、そうそう、ドクター・グレアムのことでしたわね。お若いのにたいしたお医者さまですわ、あの方。昨年はわたしの神経炎を治してくださいましてねえ。わたし、そうたびたび病気になるたちじゃないんですよ。そこへ行くと近ごろの若い人たちって、ちょっとしたことですぐまいってしまいますのね。たとえばあのルシアはかわいそうに、昨夜、ディナーの途中で具合がわるくなって席を立たなければならなかったんですの。あの人、神経がいつもたかぶっているようでしてね。当然かもしれませんわ。イタリア系の人はどうしてもね。ダイヤモンドのネックレスが盗まれたときだって……」キャロラインは息をつごうと、ちょっと言葉を切った。

ポアロはシガレット・ケースを取り出してタバコに火をつけようとしていたが、ふと聞きとがめて言った。「マダム・エイモリーのダイヤモンドのネックレスが盗まれたとおっしゃるんですか？　それはいつのことでしょう、マドモアゼル？」

キャロラインはちょっと思いめぐらす様子で答えた。「そう、確か二カ月ほど前のことだったと思いますわ。リチャードが父親とひどい口論をしたころのことだったのではないでしょうか」

ポアロは手にしたタバコに目を落として言った。「失礼してタバコを吸わせていただいてよろしいでしょうか？」キャロラインがにっこりうなずくと、ポアロはポケットからマッチ箱を取り出し、タバコに火をつけて、はげますようにキャロラインの顔を見やったが、彼女がすぐには言葉を続けないのでそれとなく促した。「ムシュー・エイモリーがお父上と口論をなさった——いま、そうおっしゃいましたが……？」

「いえ、べつにたいしたことではなかったんですの。リチャードの借金のことでちょっとね。もちろん、若い人の場合、借金は珍しいことではございませんものね。もっともクロード自身は若いころからそうしたたちではありませんでしたけれど。昔からたいそう倹約でしてね。後には実験のために莫大な金額を使うようになりましたが。わたし、いつもクロードに言ってきましたのよ、リチャードにもう少し潤沢にお金を持たせるほうがいいって。でも、ええ、二ヵ月ほど前のこと、クロードとリチャードはたいそうはげしく口論いたしましてね。そこへ持ってきて、ルシアのネックレスが見えなくなって。なのにルシアは警察を呼ぼうとしなかったんですの。あれやこれやで、気がもめましてねえ、あのときは！　ほんとにおかしな話。ルシアは神経がそれこそ、ピリピリしていて」

「私のタバコはご気分にさわりませんか、マドモアゼル？」とポアロはタバコをちょっと差し上げて言った。

「いえ、ぜんぜん」とキャロラインは首を振った。「わたし、殿方は、タバコを吸われるべきだと思っているくらいですのよ」

タバコに火がついていないことに初めて気づいて、ポアロはもう一度、テーブルの上に置いたマッチ箱を取り上げた。「しかしお若い、うつくしい女性が大事なアクセサリーが見えなくなったことを、そのように冷静に受けとめておられたというのはいささか奇妙じゃないでしょうか？」とタバコにもう一度火をつけて、火の消えている二本のマッチを箱にもどしてポケットにしまった。

「ええ、ほんとにねえ。確かに奇妙ですわ」とキャロライン・エイモリーはうなずいた。

「でも彼女、ほんとにまるで気にしていないみたいでしたのよ。まあ、わたしったら、あなたが関心をお持ちでないようなゴシップをくどくどと並べて」

「それどころか、たいへん興味深くうかがっておりますよ。ところでマダム・エイモリーが昨夜、ご気分がすぐれずに中座なさったとき、あの方は二階においでになったんでしょうか？」

「いいえ、この部屋にまいりましたのよ。わたし、あの長椅子にやすませて、それから食堂にもどりましたの。リチャードがルシアにつき添っておりましたからね。若い夫婦はそっとしておいたほうがねえ、そうじゃございませんこと、ムシュー・ポアロ？　もっともわたしの若い時分とは大違いで、若い人たちも昔のようにロマンティックではありませんからねえ。アロゥイシアス・ジョーンズって青年がいましてね。わたしたち、よくいっしょにクロケーをしたものですわ。ばかな人で――ええ、とってもばかな人で。あらあら、わたしったら、また脇道にそれてしまって。リチャードとルシアのことを話していたんでしたわね。惚れぼれするようなカップルですわね、あの二人。そうお思いになりません、ムシュー・ポアロ？　リチャードはイタリアでルシアに会ったんですのよ。イタリアの湖畔で、去年の十一月に。一目惚れの典型的なケースだったみたいですわ。その一週間後には結婚していたんですからね。ルシアは孤児だったそうで、身寄りが一人もいませんのよ。悲しい境遇ですわね。でもわたし、ときたまですけど、そういうのって、むしろありがたいことなのかもって思うことがありますのよ。外国人の親戚がゴマンといたりしたら、ちょっとやりきれないんじゃありませんかしら？　だって結局のところ、ご承知のように外国人って――」と言いかけて、相手もまた外国人だということにいまさらのように気づき、間がわるそうに身じろぎをしてポアロを見やり、あわてて言った。「あら、失礼いたしましたわ、わたし、あの、べつに……」

「いえ、どうかお気づかいなく」とポアロは愉快そうにヘイスティングズの顔をちらっと見ながら言った。

「ごめんくださいましね、わたしってばかですわね」とキャロラインはドギマギと謝った。「そんなつもりじゃ――とにかく、あなたの場合はべつですわ、もちろん。勇敢な《レ・ブラ》ベルギーの人たち《ーヴ・ベルジュ》って、わたしたち、戦争中はいつも呼んでいたものですわ」

「どうか、お気になさらないでください」とポアロは請け合い、ちょっと間《ま》を置いてから、戦争うんぬんで思い出したというように言った。「書棚の上にのっていた薬の缶は戦争の遺物ということでしたね、確か。昨夜、みなさんはあの缶の内容を調べてごらんになっていらしたとか？」

「ええ、そのとおりですわ」

「どういうきっかけから、そんなことになったんでしょうか？」

キャロライン・エイモリーはちょっと考えてから答えた。「どういうきっかけでしたかしら？　そうそう、わたしが言ったんですの。炭酸アンモニウムがあればいいのにって。そうしたらバーバラがあの缶を下ろして中を調べだして。そこに男の人たちが入ってきたんですわ。でもドクター・カレリが怖いことをおっしゃるもので、わたし、震え上がってしまって」

ヘイスティングズはにわかに関心を示してすわり直し、ポアロは静かにキャロラインを促した。「薬についてドクター・カレリの言われたことにショックを受けたとおっしゃるんですか？　ドクターが薬を点検されたんですね？」

「ええ、ガラス瓶の一つを取り上げて——なんてこともない名前の薬でしたわね、あの方がおっしゃったのは。なんとかブロマイドって。ブロマイドなら、わたし、船酔いしないように服用することがありますのよ。なのにあの方、この薬は屈強な男を一ダース殺すくらい、強力だなんておっしゃって！」

「ヒオスシン・ハイドロブロマイドですか？」

「はあ？」

「ドクター・カレリが言われたのは臭化ヒオスシンのことではなかったでしょうか？」

「ええ、そうですわ。まあ、よくおわかりになりましたこと！　そのとおりですわ。そうしたら、ルシアがそれをドクターの手から取って、ドクターが言われたことを繰り返したんですの。夢一つ見ない眠りとか何とか。わたし、近ごろの神経症的な詩は我慢なりませんのよ。あのテニスン卿が亡くなられてからこっち、本物の詩を書く詩人がいなくなってしまったみたいで……」

「おやおや」

「何かおっしゃいました？」

「いえ、そのテニスン卿を追憶していたものですから、つい。ですが、どうかお続けください。次に起こったのはどういうことでした？」

「次って、あのう――？」

「昨夜のことをお話しくださっていたんですがね。この部屋であったことを」

「ええ、そうでしたわね、バーバラが下品な歌のレコードをかけようとしていましてね。でも幸い、わたしが止めたんですの」

「なるほど。で、ドクター・カレリが差し示した、小さな薬瓶は――口もとまで錠剤が入っていたんでしょうか？」

「ええ」とキャロラインは躊躇なく答えた。「なぜって、ドクターは夢一つ見ない眠りって引用なさったあとで、それには、この中の錠剤の半量で足りるって言われたんですから」

キャロラインは椅子から立ち上がってテーブルから離れた。「ねえ、ムシュー・ポアロ」と彼女は、やはり立ち上がって彼女と並んでたたずんでいるポアロに言った。「わたし、あの方、あのドクター・カレリって方、初めから好感が持てないって言ってきたんですけどね。何かこう、まともでないような。それでいて如才ないんですからねえ。もちろん、ルシアの前ではこんなこと、申せませんでしたわ。ルシアの友だちというふれこみでしたし。でも好きにはなれませんわ、どうにも。ルシアって、人を疑うことを知らないんですものねえ。あの人、ルシアに取り入って信用させ、この屋敷に招かれることをねらっていたんじゃないでしょうか。化学式を盗もうって魂胆で」

ポアロは奇妙な表情でキャロライン・エイモリーを見やり、それからおもむろにきいた。「するとあなたは、サー・クロードの化学式を盗んだのはドクター・カレリだとおっしゃるんですか？」

キャロラインはびっくりしたようにポアロを見返した。「だって、ムシュー・ポアロ、ほかの誰がそんなことをするとお思いになります？　素姓の知れない人間といえば、あの人一人だったんですし。兄はもちろん、お客をあからさまに告発しようって気になれなかったので、その書きつけが穏便に返されるような機会をつくったんですのよ。たいへんデリケートな心づかいだと、わたしは思ったんですけどね。ええ、デリカシーが感じられるとね」

「まったく」とポアロはつぶやき、キャロラインの肩に腕をまわした。もっともこの友情あふれるジェスチャーをミス・エイモリーは好まなかったらしく、ちょっと迷惑そうな顔をした。

「さてマドモアゼル、これからささやかな実験を行ないたいと思っているのですが、ついてはあなたのご協力をお願いしたいのです」とポアロは腕を下ろして言った。「昨夜、電灯が消えたときには、あなたはどこにすわっておいででしたでしょう?」

「あそこですわ!」とキャロラインは長椅子を指さした。

「ではもう一度、同じ場所におすわりくださいますか?」

キャロラインが言われたとおりにすると、ポアロはまた続けた。「さてマドモアゼル、想像力をせいぜい、働かせていただきたいのです。お目を閉じていただけますか? ありがとうございます。では想像してみてください。昨夜の状況に立ち返ってみてくださいませんか。部屋の中は真っ暗です。何も見えません。しかし聞くことはできます。どうか、そのときの状況にご自身を投じてみてください」

ポアロの言葉を文字どおりに解釈して、キャロラインはバタンと長椅子の背にもたれた。「いえいえ、そうではなくて、あなたの精神を過去に投じていただきたいのです。何が聞こえますか？　そう、あなたの精神を過去のひとときに投じていただきたいのです。暗闇の中で、あなたはどういう物音をお聞きになりましたか？」

ポアロの熱心さにつよい印象を受けて、キャロラインはその依頼に応じようとせいぜいつとめる様子だった。ちょっと間を置いて、彼女はゆっくりした口調で、その場の状況を思い出しているように語りはじめた。「喘ぐような音が聞こえましたわ――ハアハアって何度も。それから椅子が倒れる音――それから金属的なチャリンというような音……」

「こんな音でしたか？」とポアロはポケットから鍵を取り出して、床の上に放り出した。とくに音はせず、キャロラインは数秒待ってから、何も聞こえないと言った。「ではこれはどうでしょう？」とポアロは鍵を床から拾い上げて、今度はコーヒー・テーブルに打ちつけてみた。

「まあ、その音ですわ、わたしが昨夜、聞いたのは。おかしいわねえ！」とキャロラインは叫んだ。

「続けてください、どうか、マドモアゼル」とポアロは促した。

「わたし、ルシアが悲鳴を上げて、兄に呼びかけるのを聞いたんですの。それからドアをノックする音がして」

「それだけですか？　本当に？」

「と思いますけど。あ、ちょっと待ってください！　真っ暗になってすぐ、妙な音がしましたわ。シルクが裂けるような音。誰かのドレスが裂けたんじゃないかしら」

「誰のドレスでしょうかね？」とポアロがきいた。

「ルシアのドレスだったんじゃないでしょうか。バーバラのはずはありませんわ。だって、バーバラはわたしのすぐ隣のここにすわっていたんですから」

「それは奇妙ですねえ」とポアロは考えこんでいるようにつぶやいた。

「それだけですわ。もう目を開けてもよろしいでしょうか？」

「ええ、もちろんです、マドモアゼル。ところでサー・クロードのコーヒーをついだのはどなたでしたか？　ひょっとしてあなたが――？」

「いいえ、違います。ルシアですわ」

「それは正確にいって、いつのことだったでしょう？」

「たぶん、わたしたちが恐ろしい毒薬について話し合ったあとのことだと思います」

「ミセス・リチャード・エイモリーは、コーヒーをご自分でサー・クロードに渡されたんでしょうか?」

キャロライン・エイモリーはちょっと考えてから、ためらいがちに言った。「い——いえ」

「では誰が?」

「さあ、わかりません——よくわかりませんわ。もしかしたら——あら、ええ、思い出しましたわ、クロードのコーヒーカップはルシアのカップと並んでテーブルの上にのっておりました。そのことを覚えていますのは、レイナーさんが書斎のクロードのところに届けようとしたとき、ルシアが呼びもどして、それは自分のカップだと言ったからですの。でもどっちもミルクもお砂糖も入っていないブラック・コーヒーでしたから、わざわざ取り替える必要もなかったんですのにねえ」

「でムシュー・レイナーはカップを取り替えて、それをサー・クロードのところに持って行ったんですね?」

「ええ——いえ——少なくとも——ええ、そう、途中でリチャードがレイナーさんの手から引き取ってクロードのところに持って行きました。バーバラがレイナーさんをダンスに誘ったものですから」

「なるほど。するとリチャード・エイモリーさんがお父上のところにコーヒーを持って行かれたということですか？」

「はい、そのとおりです」

「そうでしたか！　で、リチャード・エイモリーさんはそれ以前には何をしておられたんでしょう？　ダンスでも？」

「いいえ、リチャードは薬を缶の中にしまっておりました。瓶を一つ一つ、きちんと納めていましたわ」

「そうでしたか。すると、サー・クロードは書斎でコーヒーを飲まれたんですね？」

「飲みかけていたと思います。でもカップを手にこの部屋にもどってきましてね。苦いとこぼしていたのを覚えていますわ。でもポアロさん、とても良質のコーヒーでしたのよ。ロンドンの陸海軍購買組合ストアに特別のブレンドを注文したんですから。ヴィクトリア・ストリートの、あのすばらしいストアはご存じですわね？　駅からも遠くありませんし、買い物にはとても便利ですのよ。わたし、いつも――」

ドアが開いてエドワード・レイナーが入ってきたので、キャロラインは言葉を切った。

「お邪魔してしまいましたか？」とレイナーは言った。「失礼しました。ムシュー・ポアロにちょっと申し上げたいことがあったものですから。しかしのちほど、あらためてうかがいましょう」

「いやいや、こちらの奥さまへの尋問をちょうど終わったところですから」

キャロライン・エイモリーは立ち上がって、「わたしの申し上げたことなんか、たいしてお役に立たなかったと思いますけど」と言い、戸口に向かって歩きだした。

ポアロは立ち上がって、彼女の先に立って進んだ。「いえいえ、いろいろなことを聞かせていただいて感謝しております。たぶん、ご自分が気づいていらっしゃる以上に」とドアを開けながら、ポアロは請け合った。

13

キャロラインを送り出した後、ポアロはエドワード・レイナーに身ぶりで椅子をすすめた。「ではムシュー・レイナー、お話を伺わせていただきたいと思います」

レイナーは椅子に腰を下ろすと、ポアロの顔を見返して言った。「リチャードさんからサー・クロードについて、つまり——その——死因について伺ったんですが。とんでもないことになりましたね、ポアロさん」

「ショックをお受けになったでしょうね？」

「もちろんです。そんなこととは夢にも考えておりませんでしたから」

レイナーに近づいてポアロは自分が見つけた鍵を渡し、相手の様子にじっと目を注いだ。「この鍵を以前にごらんになったことがありますか、ムシュー・レイナー？」

レイナーは鍵を手の中でひっくり返しつつ、怪訝そうに言った。「サー・クロードの金庫の鍵にちょっと似ていますね。しかしリチャードさんのお話では、金庫の鍵はいつものとおり、鎖につけてサー・クロードが持っておられたそうで」

「おっしゃるとおり、これはサー・クロードの書斎に置かれている金庫の鍵です。しかし、あとからこしらえた合鍵でしてね」とポアロは言い、ゆっくりと意味ありげにつけ加えた。「昨夜、あなたがすわっておられた椅子の脇の床に落ちていたのです」

レイナーはポアロの顔をひるまずに見返した。「これを落としたのがぼくだと思っていらっしゃるんですか？　だとしたら、とんでもない誤解です」

ポアロは一瞬、秘書の顔を探るように見つめたが、満足したようにうなずいて、「あなたのおっしゃることを信じますよ」と言い、長椅子のところにつかつかと歩みよってすわり、両手をもみ合わせた。「ではお話を伺わせていただきましょうか、ムシュー・レイナー、あなたはサー・クロードの私的な秘書でいらっしゃった。そうでしたね？」

「そのとおりです」

「したがってサー・クロードのお仕事についてはよくご承知なんでしょうね？」

「はい。ぼくはある程度の科学的な訓練を受けていまして、サー・クロードの実験のお手伝いをすることもありましたから」

「この不幸な事件の解明に役立つようなことを、何かご承知ではないでしょうか？」

レイナーはポケットから一通の手紙を取り出した。「思いあたることといえば、この手紙だけなんですが」と立ち上がってポアロのところに歩みより、手紙を差し出した。

「ぼくの仕事の一つはサー・クロードのもとに送られてくる手紙を読んで仕分けすることでした。この手紙は二日前にとどきました」

ポアロは手紙を封筒から取り出して読みあげた。「〝あなたはふところにマムシを飼っておられる〞――ふところにねえ」とヘイスティングズのほうにちょっと振り向き、それからまた続けた。「〝セルマ・ゲーツとその血を受けた者にご用心。あなたの秘密は知られている。警戒せよ。見張り番《ウォッチャー》より〞。いや、まるで絵に描いたようだと申しましょうか、ドラマティックですねえ。ヘイスティングズ、きみなら大いに興味をそそられるでしょう」と手紙を友人に渡した。

「ぼくが知りたいのは、このセルマ・ゲーツとはどういう人物かということです」とレイナーが言った。

背を後ろにもたせかけて、ポアロは両手の指をつき合わせて言った。「そのことでしたら、あなたの好奇心を満足させてあげられると思いますよ、ムシュー。セルマ・ゲーツというのは、世にも有能な国際的スパイの名です。彼女はそのうえ、絶世の美女で、イタリアのため、ドイツのため、のちにはおそらくロシアのためにも諜報活動に従事したようです。そう、セルマ・ゲーツは非凡な女性でしたね」

レイナーは一歩ひきさがって、鋭い口調できき返した。「でしたとおっしゃいましたね?」

「ええ、彼女はもうこの世の人ではありません。昨年の十一月、ジェノヴァで客死しました」こう言って、不思議そうに首を振りながら手紙を読み下しているヘイスティングズの手からそれを引き取った。

「とすると、この手紙はこけ威しということになりますね」とレイナーは叫んだ。

「さあ、それはどうですかね。〝セルマ・ゲーツとその血を受けた者〟と書いてありますね。セルマには娘が一人、いたはずなんですよ、ムシュー・レイナー、やはりたいへんうつくしい女性です。母親の死ののち、彼女の消息はぷっつりとだえています」こう結んで、ポアロは手紙をポケットにしまった。

「ひょっとして、この――」と言いかけて、レイナーは唐突に言葉を切った。

「え? 何かおっしゃりかけたようですが?」とポアロは促した。

ポアロにふたたび近よってレイナーは勢いこんで言った。「ミセス・リチャード・エイモリーにはイタリア人のメイドがいます。イタリアから連れてこられたということで、なかなかの器量よしです。ヴィットリア・ムーツィオという名です。ひょっとして彼女がこのセルマ・ゲーツの娘だということは――」

「おっしゃるとおりかもしれませんね」とポアロは感銘を受けたようにつぶやいた。「では彼女をここに呼びましょう」とレイナーはそそくさと背を向けて歩きだしかけたが、ポアロが立ち上がって制した。「いや、ちょっとお待ちなさい。何よりも、警戒心をいだかせないように運びませんとね。まず私から、マダム・リチャード・エイモリーにお話ししてみましょう。メイドについて、何かご存じかもしれませんし」

「そうですね。ではぼくがミセス・エイモリーにお伝えしてきます」

レイナーが何やら心に期している様子で出ていくと、ヘイスティングズが興奮した面持ちでポアロに近づいた。「それですよ、ポアロ！ カレリとそのメイドは外国の政府に雇われてつるんでいるんですよ！」

ポアロは心ここにあらずというように思いに沈んでいた。

「ポアロ！ あなただって、そう思っているんでしょう？ カレリとそのメイドは手を組んでいる——ぼくはそう言っているんですがね」

「そう、まあ、きみなら、そう言うでしょうね」

「じゃあ、あなたの意見はどうなんです？」とヘイスティングズは鼻白んできき返した。

「まず、いくつかの疑問点にたいする答を見つけないことにはね、ヘイスティングズ。マダム・エイモリーのネックレスが二カ月前に盗まれた。なぜか？ そのとき、彼女は警察を呼ぶことを拒否した。なぜか？」

ルシア・エイモリーがこのとき、ハンドバッグを手にして部屋に入ってきたので、ポアロは唐突に言葉を切った。

「あたしに何かおききになりたいことがおありと聞きましたけど、ムシュー・ポアロ」

「はい、二、三の質問にお答えいただきたいと思いまして」とポアロはテーブルの脇の椅子をすすめた。「おかけになりませんか？」

ルシアが椅子にすわると、ポアロはヘイスティングズをかえりみて、「この窓の外の庭にちょっと出てみませんか、モナミ？　すばらしいお庭ですよ」と腕を取ってフランス窓のほうにそっと押し出した。ヘイスティングズは見るから不本意そうだったが、穏やかな態度ながら、ポアロの意向ははっきりしていた。「ぜひ、そうなさい、自然の美観を心ゆくまで楽しむ機会は逃さないほうがいいですからね」

ヘイスティングズはポアロにそれとなく追い出された格好で、いささかしぶしぶと戸外に出た。しかし日ざしの暖かい、気持ちのいい日でもあり、どうせのこと、庭を散策しようかと芝生を横切って歩きだし、魅力的な整形式庭園《フォーマルガーデン》とのあいだを隔てている生け垣のほうへとぶらぶら歩きだした。

生け垣ぞいに歩いていくうちにヘイスティングズは近くから聞こえてくる話し声に気

づいた。近づいてみると、バーバラ・エイモリーとドクター・グレアムが向こう側のベンチにすわって、どうやら二人だけの語らいを楽しんでいるらしかった。サー・クロードの死もしくは化学式の紛失に関係したことを何か聞けないとも限らないし、ポアロに役立つことでもと、ヘイスティングズは足を止めて耳を澄ました。

「うつくしい従妹を田舎の開業医に嫁がせるのはもったいないと彼が考えていることは明らかだからね。われわれが会うことを彼があまり歓迎していないのは、そうした思惑があるからじゃないだろうか」とケネス・グレアムが言っていた。

「そりゃ、リチャードはときによると頑固だし、まるで二倍もの年のじいさまみたいな古くさい意見を振りまわすことだってあるけど」とバーバラの声が答えた。「だからって、あなたが勘ぐる必要はないと思うわ、ケニー。あたしなんか、もともとリチャードの意見なんか、まるっきり無視してるのよ」

「ぼくだってそのつもりだが。しかし、ねえ、バーバラ、こんなところで会いたいと言ったのは、二人だけで話したかったからなんだよ――家族の誰にも聞かれたり、見られたりせずに。まず言っておきたいのは、きみの伯父さんが昨夜、毒殺されたということだ。それには疑いの余地はない」

「そうなの？」とバーバラはつまらなそうに言った。

「べつに驚いていないんだね？」

「あら、驚いていないこともなくてよ。家族の一員が毒殺されるなんて、そう毎日あることじゃないんですもの。でも伯父が死んだからって、とくに心を乱してはいないわ。むしろ、うれしいくらいよ」

「バーバラ！」

「びっくりしたようなふりをしないでちょうだいな、ケニー。あなたはあたしがあのケチおやじのことをさんざんけなすのを聞いてきたはずよ。伯父はほんとのとこ、家族の誰も愛してはいなかったわ。伯父はね、自分のあのばかくさい実験にしか、関心がない人だったのよ。一人息子のリチャードにもひどい仕打ちをしていたし、リチャードがイタリアから花嫁として連れて帰ったルシアもあまり歓迎しなかったしね。ルシアって、とってもかわいらしい性質で、リチャードにはそれこそぴったりなのに」

「バーバラ、ぼくのこの質問にまともに答えてほしいんだ。きみが何を言おうが、他言はしないとかたく約束するよ。必要なら、あくまでもきみを守るつもりだ。しかし、きみはもしかしてきみの伯父さんの死について、何か知っているんじゃないのかい？　たとえばリチャードが金づまりのあげくに、いずれは自分が相続するはずのものをすぐ思うようにしたいと父親を殺すことを思い立ったとか」

「そんな話、聞きたくないわ、ケニー。甘い、うれしいことをささやくためにここに誘い出したのかと思ったら、あたしの従兄を父親殺しの罪で糾弾するなんて」

「べつにリチャードを糾弾しているわけじゃないよ。しかし何かこう、おかしいってことは、きみだって認めるだろう？　リチャードは父親の死について警察の介入を好まない様子だった。明るみに出されると困ることがある——そんな印象は拭えない。もちろん、彼にだって警察が万事を取りしきるのを阻むことはできないさ。しかし彼は警察の捜査が行なわれるように計らったことについて、ぼくにたいして明らかにひどく腹を立てていた。ぼくは医者としての義務を果たしたにすぎないんだがね。サー・クロードが心臓麻痺で自然死をとげたなんていう死亡証明書に、どうしてぼくが署名できるだろう？　ほんの数週間前に、ぼくが定期的な診察をしたときには、サー・クロードの心臓にはまったく問題はなかったんだからね」

「ケニー、もうたくさんよ。あたし、家に入るわ。あなたは庭を通って外に出てちょうだい。いいわね？　じゃあ、そのうちにまた」

「バーバラ、ぼくはただ……」

しかしバーバラはすでに立ち去っており、ドクター・グレアムがほとんど呻《うめ》き声に近い溜め息をもらすのが聞こえた。ヘイスティングズは二人のどちらにも見られずにこの場から立ち去るのが得策と、屋敷のほうにそそくさと歩みを返した。

14

ヘイスティングズがポアロに押し出されるように読書室から庭に出ていくと、ポアロはフランス窓を閉めて、ルシア・エイモリーにふたたび注意を向けた。

ルシアは不安そうにポアロの顔を見つめた。「レイナーさんに伺ったんですけど、あたしのメイドのことをおききになりたいそうですね、ムシュー・ポアロ？　とても性質のいい娘ですのよ。後ろ暗いところはまったくないと思いますけど」

「マダム」とポアロは答えた。「わたしがあなたにおききしたいのは、メイドさんのことではありません」

「でもレイナーさんは――」とルシアはギョッとしたようにつぶやいた。

「ええ、私なりの理由がありまして、レイナーさんにはそう思っていただいたほうがいいと考えたものですから」

「では何をおききになりたいんですの？」ルシアは少なからず警戒しているようだった。

「マダム、昨日、初めてお目にかかったとき、あなたは私にうれしいことを言ってくださいましたね？　私を信用する――あなたはそうおっしゃいました」

「それで？」

「私はあなたにお願いしたいのですよ、いまこそ、私を信用していただきたいと」

「どういう意味ですの？」

ポアロはまじめな表情で彼女の顔を見つめた。「あなたは若さと美貌を持ち、崇拝され、愛されていらっしゃる。およそ女性が望むもの、求めるものを残らずお持ちです。しかし、マダム、あなたに欠けているものが一つあります。あなたの懺悔聴聞僧です。このポアロ神父《パパ・ポアロ》がその役割を買って出ましょう」

ルシアが口を開こうとしたとき、ポアロが先を越して言った。「拒否なさる前によくお考えになってみていただけませんか、マダム。私はマダムのご依頼を受けて昨夜、このお屋敷に留まったのです。あなたのお役に立ちたいと思ったまでです。いまもその気持ちは変わりません」

ルシアはにわかに激した声音で答えた。「すぐお帰りになってくださるほうが、あたしにはありがたいんですけれど、ムシュー」

「マダム、警察に連絡があったことはご承知でしょうか？」

「警察ですって?」

「はい」

「でも警察なんて、誰が呼んだんですの? それになぜ、そんなことを?」

「ドクター・グレアムその他のお医者さん方の判断です。サー・クロードが毒物による死をとげられたということが明らかになりましたので」

「まさか、そんなこと!」ルシアはただ驚いたというよりも、つよいショックを受けたように叫んだ。

「本当です。ですから、マダム、どのように行動するのが賢明か、ゆっくり考えている暇はあまりないのです。さしあたっては私は、あなたのお役に立つつもりです。しかしもっと後になりますと、正義の女神に仕えなければならなくなるかもしれません」

この男を信用したものかどうかと、ルシアは探るようにポアロの顔を見つめた。そしてようやく言った。「あたしがどうすることをお望みなんですか?」

ポアロはルシアと向かい合ってすわって、「どうすることを……」と独り言のようにつぶやき、それから静かな声音で言った。「どうもこうもありません。こうなったら私に本当のことを打ち明けてくださったらどうでしょうかね、マダム?」

ルシアは一瞬沈黙し、それから片手を彼のほうに差し伸べて口を開いた。「あたし—

―あたし――」決心がつきかねるようにもう一度言葉を切ったが、表情を急に硬くして続けた。「本当言って、ムシュー・ポアロ、あたしにはあなたのおっしゃる意味がまるでわからないんですけれど」

ポアロは鋭いまなざしを彼女に注いだ。「ああ！　まだそんなことを！　残念です」

いくらか平静を取りもどしてルシアは冷ややかな口調で言った。「何をあたしにお望みか、おっしゃってくださったら、どんなご質問にもお答えいたしますわ」

「なるほど、あなたはこのエルキュール・ポアロと知恵くらべをするつもりでいらっしゃる。結構でしょう。しかし、よろしいですか、どのみち、われわれは真実に到達すると思いますよ」こう言ってポアロはテーブルをたたいた。「ただし、その場合は必然的にいささか不快な経過をたどることになるでしょうがね」

「あたし、何も隠してなんかいませんわ」とルシアは挑むように言った。

エドワード・レイナーに渡された手紙をポケットから取り出して、ポアロはそれをルシアに差し出した。「数日前、サー・クロードはこの匿名の手紙を受け取られたということです」

ルシアは手紙の文面に目を走らせたが、まったく動ずる様子を見せなかった。「この手紙がどうかしまして？」と言いながら、彼女はそれをポアロに返した。

「セルマ・ゲーッという名を聞かれたことがありますか？」

「いいえ！　どういう人ですの？」

「ジェノヴァで――亡くなった女性です――昨年の十一月に」

「まあ」

「ジェノヴァでお会いになっていらっしゃるんじゃないでしょうか？」と手紙をポケットに納めながらポアロは言った。「確かにお会いになっていると思いますがね」

「あたし、ジェノヴァなんて、行ったことからしてありませんのよ」とルシアは尖った声で答えた。

「ではもしも誰かがあなたをジェノヴァでお見かけしたと言ったとすると、どういうことになりますかね？」

「たぶん――見間違いだと思いますわ」

ポアロはなお食いさがった。「しかし、あなたはご主人にジェノヴァで初めてお会いになったそうじゃありませんか？」

「リチャードがそう申しまして？　何を間違えているんでしょうか、あの人。あたしたちが初めて会ったのはミラノでしたわ」

「そうすると、あなたがジェノヴァでごいっしょに暮らしておられた女性は――？」

ルシアは怒りを含んでさえぎった。「ジェノヴァには行ったこともないと申しましたでしょう?」

「これはどうも《バルドン》!　ついいましがたもそうおっしゃいましたっけね。とすると、妙なことになりますねえ!」

「何が妙ですの?」

ポアロは目を閉じて椅子に背をもたせかけた。そして、まるで猫がのどを鳴らしているような、低い、くぐもった声でつぶやいた。「まあ、お聞きください、マダム」彼はポケットから手帳を取り出した。「私の友人にロンドンの新聞雑誌のために写真を撮るのを商売にしている男がいましてね、リドの浜辺で海水浴をしている名ある貴族の奥方その他、流行の先端を行く女性たちのスナップ写真のたぐいです」ポアロは手帳をパラパラとめくって続けた。「この友人が去年の十一月にジェノヴァに行き、そこで悪名高き美女を見かけたのです。ギエール男爵夫人と当時は自称していましたが、これまた有名なフランス人の外交官とすこぶる熱い仲だったようです。世間の口には戸は立てられぬとよく申しますが、この女性は世間の噂など、歯牙にもかけませんでした。その外交官は彼女が水を向けるままになんでもしゃべったようでしてね。それが、彼女の思うつぼだったんでしょう。彼女を愛するあまり、分別も何もあらばこそ——というわけで…

……」とポアロはいかにも天真爛漫な表情で言葉を切った。「おや、ご退屈でしょうか、マダム？」

「いいえ、でも何をおっしゃりたいのか、あたし……」

あいかわらず手帳を繰りながら、ポアロは続けた。「すぐ本論に入りますから、ちょっとお待ちください。さて、私の友人は私に、自分が撮った一枚のスナップ写真を見せてくれました。そしてわれわれは、ギエール男爵夫人は絶世の美女《ユヌ・トレ・ベル・ファム》だと感嘆し合ったものです。問題の外交官が夢中になったのも無理はないと」

「おっしゃることはそれだけですの？」

「いいえ、マダム。写真に写っていたのはギエール男爵夫人一人ではありませんでした。それは彼女が娘さんといっしょに散策しているところを撮ったもので、娘さんも容易には忘れられぬ美貌の持ち主でした」ポアロは立ち上がって優雅に一礼し、やおら手帳を閉じた。「もちろん、このお屋敷に到着してすぐ、私はその顔を認めたのですよ」

ルシアはポアロを見つめてハッと喘ぎ、それから「ああ！」と悲痛な叫び声を発した。けれどもややあって、なんとか気を取り直したのだろう、笑って続けた。「ムシュー・ポアロ、それはとんでもない間違いですわ。もちろん、あたしにもあなたのご質問のねらいはわかっています。ええ、ギエール男爵夫人のことはいまもはっきり覚えておりますわ。その娘さんも。娘さんというのは、あまり面白みのないお嬢さんでしたけど、でもあたしは男爵夫人につよく魅かれたんですの。ロマンティックな憧れの想いを寄せたというか。それであたし、何度か彼女の散歩につきあいましたのよ、そのころ。あたしが夢中になっているのが彼女の心をくすぐったみたいで。そんなあたしたちを見て、あたしを彼女の娘さんと取り違えた人たちもいたようですわ」言葉を切って、ルシアは椅子に深く身を沈めた。

ポアロがゆっくりとうなずくのを見て、ルシアはうまく言いまぎらすことができたと思ったのだろう、見るからホッとした様子だった。ところが突然ポアロはテーブルごしに身を乗り出した。「しかしさっき、あなたはジェノヴァには行ったこともないと仰せでしたがね」

不意をつかれて、ルシアは喘いだ。ポアロは手帳をジャケットの内ポケットに納めた。

「そんな写真、初めからなかったんですね！」質問ともつかず、ルシアは口走った。

「そのとおりです」とポアロはうなずいた。「そんな写真は持ち合わせておりません、マダム。ジェノヴァでセルマ・ゲーツがなんという名で通っていたか、それを私は承知しておりました。後のことは——つまり友人が写真を撮ったというのは罪のない、私のこしらえごとです」

ルシアは椅子から飛び立って怒りに目を燃やして叫んだ。「ひどい人、あたしを罠にかけたのね！」

ポアロは肩をすくめた。「そうです。ほかに方法がなかったものですからね」

「そんなことをほじくり出す意味がどこにありますの？　第一、サー・クロードの死とどういう関係があるんですか？」狂おしげに部屋の中を見回しながら、ルシアは独り言のようにつぶやいた。

ポアロは、ついてもいない塵《ちり》をジャケットの袖から払いのけるしぐさをしながら、答えるかわりにさりげない口調で質問した。「マダム、最近、あなたはたいへん高価なダイヤモンドのネックレスを紛失なさったということですが、本当ですか？」

ルシアはポアロを睨みつけて、歯を食いしばるようにして言った。「もう一度、うかがいますわ。いったい、そんなことがサー・クロードの死とどういう関係があるっておっしゃるの？」

ポアロはわざとらしく、ゆっくりした口調でつぶやいた。「まずネックレスが盗まれ、ついで化学式が盗まれた。どちらも巨額の金をもたらす代物です」

「どういう意味ですの？」とルシアは喘ぐようにきき返した。

「私がうかがいたいのはこういうことです。ドクター・カレリは——今度は——どれだけの金額を要求してきたんですか？」

ルシアは顔をそむけた。「あたし——あたし——これ以上はもうお答えしませんわ」

ささやくような声だった。

「おびえていらっしゃるんですね？」とポアロは彼女に近づいて言った。

ルシアはふたたびまともにポアロと向かい合って、挑戦するように頭を振り上げた。

「いいえ、おびえてなんかいませんわ。何をおっしゃっているのか、わからないだけです。ドクター・カレリがどうしてあたしにお金を要求なさるんですの？」

「口をつぐんでいる代償というわけです。エイモリー一家は誇り高い人々です。セルマ・ゲーツの娘だということを知られたくない——あなたは当然そう思われたでしょうから」

ルシアは一瞬、何も言わずにポアロの顔を睨みつけた。と、その肩がガックリ落ち、彼女は崩れるように腰掛けにすわって、両手に顔を埋めた。一分ばかりして、彼女は溜め息をついてようやく顔を上げた。「リチャードはもう知っていますの？」

「いまのところはまだご存じありません」とポアロはゆっくり答えた。

ルシアはせっぱつまったような、惨めそうな声で懇願した。「でしたらお願い、おっしゃらないでくださいな、ムシュー・ポアロ！　あの人、家名をとても誇りにしているんですの。名誉を人一倍重んじるたちですから。そんな彼とあたしのような女が結婚するなんて、いけないことだったんですわ、もともと。ただあたし、ひどくみじめで。母とともにしなければならなかった、あの忌まわしい生活。自分自身まで、そのために堕落してしまったような気がして。でもあたしに何ができたでしょう？　やがて母が亡くなり、あたしはやっと自由の身になったのです。正直に生きるという自由！　虚偽と陰謀でかためた生活を後にするという自由！　そうこうするうちに、リチャードとめぐり会いました。生まれて初めて、あたし、天にも上る思いで毎日を過ごしました。リチャードがあたしの生活の中に入ってきたのです。あたし、彼を愛しました。彼はあたしと結婚したいと言ってくれました。そんな彼に、あたしがどういう人間か、どうして言えたでしょう？　それにそんなことを、どうして話す必要があったでしょう？」

「ところがあなたがご主人といっしょにおられるところを、ドクター・カレリがどこかで見かけて恐喝しはじめた。そうなんですね？」

「ええ、でもあたし、自分の自由になるようなお金を持っていませんでしたから」とルシアは喘ぐように言った。「それであたし、ネックレスを売ってお金を払ったんです。でも一回かぎりだと思っていましたのに、ドクター・カレリは昨日、この屋敷まで押しかけてきました。サー・クロードが発明なさった爆薬の化学式のことを聞きこんだんでしょう」

「彼は今度は、それを盗み出して渡せと指示したんですね？」

ルシアは溜め息をもらしてうなずいた。「ええ」

「で、言われたようになさったんですか？」とポアロは彼女に歩みよってきいた。

ルシアは悲しげに首を振って、「否定しても、あなたはたぶん信じてくださらないでしょうけど」と小さくつぶやいた。

ポアロはルシアの若々しい、うつくしい顔を思いやりのこもるまなざしで眺めて言った。「信じますとも。私は信じますよ。勇気をお持ちなさい。そして、このポアロを信用なさることです。いいですね？　私に、本当のことを打ち明けてくださりさえすればいいんですよ。あなたはサー・クロードの化学式を盗んだんですか？」

「いいえ、盗みませんでした！　本当です！」とルシアははげしい口調で言った。「でも盗むつもりだったことは認めますわ。カレリはあたしに、サー・クロードの金庫の鍵穴の鋳型を取らせて合鍵をつくりました」

ポケットから鍵を取り出し、それをルシアに示してポアロはたずねた。「合鍵というのはこれですか？」

ルシアはちらっと見てうなずいた。「ええ。そこまではわけもないことでした。カレリはあたしにその合鍵を渡しました。でもあたしが書斎に忍びこんで、無理にも心をはげましながら金庫のそばに立っていたとき、サー・クロードが入ってこられて、あたし、見つかってしまったんです。本当よ！　誓ってもいいわ！」

「あなたを信じますよ、マダム」とポアロは言って鍵をふたたびポケットに納めると、肘掛け椅子のところに行って腰を下ろした。そして両手の指先を突き合わせて、一瞬、物思いに沈む様子だった。「ですが、あなたは部屋を真っ暗にしようというサー・クロードの提案にいち早く賛成なさいましたね？」

「身体検査がどうしてもいやだったからですわ」とルシアは説明した。「カレリは合鍵といっしょにあたしにメモを渡していましたから、身体検査をすれば、当然、どちらも見つかってしまうと思ったんですの」

「で、あなたは結局その二つをどうなさったのですか？」

「電灯が消えたとき、あたし、鍵をできるだけ遠くにほうり投げました。あのあたりに」とルシアはエドワード・レイナーが前夜すわっていた椅子のほうを指さした。

「カレリがあなたに渡したメモは？」

「どうしたらいいか、わからなかったものですから」とルシアは立ち上がって、テーブルの前に歩みよった。「あたし、それを本のあいだにはさみましたの」テーブルの上から一冊の本を取り、ページをめくって、「ほら、まだここにはさんでありますわ」と一枚の紙きれを示した。「ごらんになりますか？」

「いえ、結構です。あなたのものですからね」

テーブルのそばの椅子にすわると、ルシアはその紙きれを小さくやぶいて、ハンドバッグにしまった。ポアロはその様子にじっと目を注いでいたが、少し間《ま》を置いてからきいた。

「もう一つ、ちょっとしたことをうかがいます。ひょっとして、昨夜、あなたのドレスが裂けたということはなかったでしょうか？」

「あたしのドレスですか？　いいえ！」とルシアはびっくりしたように否定した。

「では電灯が消えていたあいだに、ドレスが裂けるような音が聞こえませんでしたか？」

ルシアはちょっと考えてから答えた。「ええ、そう言われてみると、そんな気もしますわ。でも裂けたとしても、あたしのドレスじゃありませんわ。キャロライン叔母さまか、バーバラのじゃないでしょうか」

「まあ、それはそれとして、べつなことをおききしましょう。昨夜、サー・クロードのコーヒーをついだのはどなたでしたか？」

「あたしがつぎましたわ」

「あなたはそのカップをあのテーブルの上に、あなたのと並べて置いたんですね？」

「ええ」

ポアロは立ち上がって、テーブルごしにルシアのほうに身を乗り出し、だしぬけに鋭い口調できいた。「どっちのカップに、あなたはヒオスシンを入れたんですか？」

ルシアは動揺した表情でポアロを見返した。「どうしておわかりになったの？」

「私は物事をつきとめるのを専門にしている人間ですから。どっちのカップですか、マダム？」

ルシアは溜め息をついて小さく答えた。「あたしのです」

「なぜ、そんなことを？」

「なぜって――あたし、死にたいと、死んでしまいたいと思ったんです。リチャードはカレリとあたしのあいだを疑っていました。ばかげていますわ。あたし、カレリを憎んでいましたのに！　いまでも憎んでいますのに！　でもカレリがほしがっている化学式を手に入れることができなかったのですから、カレリはリチャードに、あたしについて何もかも話すに違いありません。自殺によってしか、そうした状況から逃れられない――それしか道はない――そうあたしは思いました。夢一つ見ない、すみやかな死――目覚めることのない眠り……」

「誰がそんなことを言ったのですか？」

「ドクター・カレリです」

「なるほど――わかってきたようです」とポアロはつぶやいて、テーブルの上のカップを指さした。「すると、これがあなたのなんですね？　まだ味わっていない、手つかずのコーヒーが入っている、このカップが？」

「ええ」

「それを飲もうという気がなくなったのはどうしてですか？」

「リチャードがあたしに言ったんです――あたしを連れてよそに行こうって――外国に行こうって――そのためのお金も何とか手に入れるつもりだって。リチャードはあたしにふたたび――希望を与えてくれました」

「よく聞いてください、マダム」とポアロは重々しい口調で言った。「ドクター・グレアムはけさがた、サー・クロードの椅子の脇に置いてあったコーヒーカップを持って行かれました」

「それで？」

「そのカップの中のコーヒーを調べたとしても、せいぜいのところ、コーヒーの飲み滓しか見出されなかったでしょうね？」

ポアロの顔を見ずにルシアは答えた。「ええ——も、もちろんですわ」

「確かにそう思われますか？」

ルシアは何も答えずに前方を凝視していたが、ふとポアロを見上げて叫んだ。「なぜ、そんなふうにあたしの顔をごらんになるんですの？　何だか怖いわ！」

「私はいま、サー・クロードの椅子の脇に昨夜置いてあったカップがけさ、持ち去られたと申しました。もしもそのカップではなくて」と戸口の近くのテーブルのところに行き、植木鉢の中から、そこに隠してあったカップを取り上げた。「こちらのカップが持ち去られたのだったら、どういうことになりますかね？」

ルシアは衝動的に立ち上がって両手で顔を覆い、「ご存じでしたのね？」と喘ぐように言った。

ポアロは彼女に近づき、「マダム」と打って変わってきびしい声音で言った。「医者たちはおそらく、あちらのカップの内容物を調べるでしょう、もしもまだ調べていなかったとしたらですが。しかし——たぶん、何も見つからないでしょう。ですが、昨夜、私はこちらのカップから残り滓を取っておきました。もしもサー・クロードのカップにヒオスシンが入っていたと私が申し上げたら、あなたは何とおっしゃいますか？」

ルシアは打ちのめされたような悲痛な表情で、一瞬よろめきかけたが、どうにか気を取り直してしばらく沈黙していたあげくにささやくように言った。「お祭しのとおりですわ」それから急に声をはげまして続けた。「あたしがお父さまを殺したんです！ お父さまのカップにヒオスシンを入れて」テーブルに近よって、彼女はコーヒーがなみなみと入っているカップを取り上げた。「こっちのは——ただのコーヒーですわ！」

カップを口にあてがって飲もうとしたが、ポアロが跳びだして手でカップを押さえた。二人は黙ってじっと顔を見合わせていたが、ルシアは突然ワッと泣きだした。ポアロはカップを彼女の手から引き取ってテーブルの上に置いた。「マダム！」

「なぜ、お止めになったんですの？」

「マダム、この世界はとてもうつくしいところです。そのうつくしい世界をなぜ、後になさりたいのですか？」

「あたし——あたし——ああ！」とルシアは長椅子の上にくずおれて、はげしく泣きじゃくった。

やおら口を開いたポアロの声音はやさしく、暖かかった。「あなたは私に本当のことを、お話しくださいましたね、マダム。あなたはヒオスシンをご自分のカップにお入れになりました。私はあなたのおっしゃることを信じます。しかし、あちらのカップにもヒオスシンが入っていたのですよ。もう一度、伺います。サー・クロードのカップにヒオスシンを入れたのは誰ですか?」

ルシアはポアロの顔を愕然とした表情で見返した。「まさか、まさか、そんなとんでもないことって! いいえ、彼がそんなことをするはずはないわ! あたしですわ、あたしが殺したんですわ、お父さまを!」とヒステリックな声で叫んだ。

「彼とは誰です? あなたは誰をかばっていらっしゃるんですか、マダム? おっしゃってください」

「彼じゃないわ、ぜったいに」とルシアはすすり泣いた。

このとき、ドアをノックする音がした。「警察の連中が到着したんでしょう」とポアロは言った。「時間はもうほとんどありません。あなたにたいして、私は二つのことをお約束しましょう、マダム。一つ目の約束は、この私があなたをきっとお救いするということです」

「でもあたし、サー・クロードをこの手で殺したんですのよ、本当ですわ!」ルシアはほとんど絶叫に近い声で口走った。

「二つ目の約束は」とポアロはルシアの声を耳にも入れずに言った。「あなたのご主人もお救いするつもりだということです」

「まあ！」とルシアは喘ぐようにつぶやいて、何が何だかわからないといった表情でポアロを見つめた。

このとき、執事のトレッドウェルが部屋に入ってきて、ポアロに告げた。「ロンドン警視庁のジャップ警部がお見えになりました」

15

十五分後には、ジャップ警部は若い警官のジョンソンを従えて読書室のおよその初動捜査を終えていた。ずんぐりした体型のジャップは少々無骨な、威勢のいい、赤ら顔の中年男で、ポアロと、庭からもどったヘイスティングズを相手にひとしきり思い出話に花を咲かせた。

「そうなんだよ」と彼はジョンソンに言って聞かせた。「このポアロさんとおれとのつきあいはかなりの昔にさかのぼるのさ。この人のことはさんざん話して聞かせたよな。初めて手を組んだときは、ポアロさんはまだベルギー警察の一員だった。確かアーバクロンビー偽造事件でしたよね、ポアロさん？　ブリュッセルでついに取っ捕まえたんだがね。まったくあのころは最高だった。そうそう、それからアルタラ男爵を覚えていますか、ポアロさん？　相手にして不足のない悪党でしたっけ。ヨーロッパの全警察の半分が張りめぐらした網をくぐり抜けたたまでね。だがポアロさんとおれが協力してアントワープで逮捕したんだよ、ジョンソン、ひとえにこのポアロさんの働きでね」

ジャップはポアロのほうに向き直った。「その後、このイギリスでの感激の再会。あなたはそのころにはもちろん、警察をすでにひいておられたっけが、スタイルズ荘の怪事件を見事に解決してのけた。われわれが最後に協力したのは二年ばかり前のことでしたよね。ロンドンに住むイタリア貴族をめぐる事件でしたっけ。今回、こうしてまた会えて、何ともうれしい限りですよ、ポアロさん。この屋敷に足を踏み入れたとたん、あなたの珍奇なご面相にぶつかって、いや、驚いたのなんのって」

「チンキなゴメン——何のことです？」ポアロはキョトンとしてつぶやいた——英語の表現はときとして不可解の一語につきるとひそかに嘆きつつ。

「なに、あなたの顔を見たときは仰天した——平たく言えばそれだけのことってさあ。どうです、この事件でもよろしく手を組もうじゃないですか」

ポアロはにっこりした。「ジャップ君、きみは私のちょっとした弱点をよくよく承知しているんですねえ」

「あいかわらず手の内を見せないんだなあ。食えないんだから、まったく！」とジャップはポアロの肩をいやというほどたたいた。「いましがた、私がこの部屋に入ってきたとき、あなたが話しこんでいたミセス・エイモリー、そら、あのリチャード・エイモリーの奥さん、ありゃあ、たいへんな美人ですなあ。あなたもずいぶんと楽しそうだったじゃないですか」

ジャップ警部はいささか粗野な笑い声を立てて、テーブルのそばの椅子に腰を下ろした。「とにかくこれは、とことんあなたの気に入りそうな事件ですよね。へそ曲がりなあなたにぴったりときている。そこ行くと、この私は毒殺事件は大嫌いでね。手掛かりが限られていることからしてどうもね。関係者が何を食い、何を飲んだか、誰がこしらえたか、運んだか、その上に息を吐きかけたか、吐きかけなかったか——といった、細かい点まで探り出さなきゃならないんだから！　グレアムという医師はかなりはっきりしたことを言ってるようですがね。毒物はコーヒーに入っていたに違いない——やっこさん、そう言ってるんですよ。かなりの量でほとんど即死だったろうとね。もちろん、確かなことは解剖の結果待ちでしょうが、さしあたっての取っかかりに不足はなさそうだ」

ジャップはやおら立ち上がった。「さて、この部屋の捜査はすんだし、リチャード・エイモリー氏の話を聞くのが順当だろう。それからドクター・カレリなる人物に会いますかね。どうやら、やつが本命らしい。しかし先入観は禁物だ——私はいつも自分にそう言いきかせておるんですよ」と戸口に歩きだし、「いっしょにきますか？　どうです、ポアロさん？」

「もちろん、お供しますよ」とポアロは答えて、ジャップの後に続いた。

「ということは、当然、ヘイスティングズ大尉もってこってすよね？」とジャップはカラカラ笑った。「あんたがた二人はあいかわらず、影が形に添うごとく、つるんでるんでしょうな？」

ポアロはヘイスティングズに意味ありげな視線を送った。「ヘイスティングズはここに残るつもりだと思いますよ」

ポアロの暗示を了解したらしく、ヘイスティングズはおとなしく答えた。「ああ、もちろん、ぼくはここに残ります」

「へえ？　まあ、ご勝手に」とジャップはちょっと拍子抜けしたように言い、ポアロと連れ立って出て行った。ジョンソンが後に従った。と、ほとんど間を置かずにバーバラ・エイモリーが庭に通ずるフランス窓から入ってきた。ピンク色のブラウスに淡い色のスラックスをはいていた。「あら、あなた、まだここにいらしたの？　ねえ、いったいこの騒ぎはどういうこと？　何がおっぱじまったの？」バーバラは長椅子のところに行って腰を下ろした。「とうとう警察が乗りこんできたってわけ？」

「ええ」と答えて、ヘイスティングズは彼女と並んで長椅子にすわった。「警視庁のジャップ警部ですよ。たったいま、あなたのお従兄さんに会いにいったところです。二、三、質問があると言っていましたね」

「あたしにも、何かきくつもりかしら？」

「さあ、とくに質問はないんじゃないですか。何かきかれるとしても怖がることはありゃしません。のんびり構えておいでなさい」

「あら、あたし、怖がってなんかいるもんですか。ほんといって、愉快でたまらないくらいよ！　自分が知ってることに面白おかしく尾鰭《おひれ》をつけるって、こたえられない誘惑よねえ。センセーションを起こすのって、あたし、大好きなの。あなたはどう？」

ヘイスティングズは戸惑ってつぶやいた。「さあ――どうですかね。センセーションというやつはどうも」

バーバラ・エイモリーは謎めいた表情でヘイスティングズを見やった。「あたし、あなたにひどく興味をそそられてんのよ。いったい、これまでどこで暮らしてらしたの？」

「ここ何年かは南米で暮らしてきました」

「ああ、南米ね！　さえぎるもののない広い天地！」と片手を目の上にかざした。「それで読めたわ。それだからあなた、天然記念物みたいに古風なのよね」

ヘイスティングズはいささかムッとしたような表情でつぶやいた。「どうもすみません」

「あら、すてきだって言ってんのよ、あたし」とバーバラは説明した。「あなたって、キュートだわ、珍しいくらい」

「さっき古風って言われましたね？　どういう意味です？」

「つまりね、あなたって、古めかしい、おかたいモラルに入れこむたちじゃなくて？　廉潔の美徳とか、理由がないときには、ぜったいに嘘をつかないとか、何があっても涼しい顔で」

「ええ、まあ」とヘイスティングズはびっくりしたように答えた。「あなたはそうじゃないんですか？」

「あたし？　さあ。たとえばよ、クロード伯父の死がかえすがえすも残念でならないってふりをすることを、あなた、あたしに期待していらっしゃるんでしょ？」

「残念に思ってはいらっしゃらないんですか？」

「とんでもない！」とバーバラは叫んで立ち上がり、コーヒー・テーブルの端に腰を下ろした。「あたしに関するかぎり、伯父の死は降ってわいたような幸運よ。あなたは知らないでしょうけど、伯父ってドケチの、鼻もちならない、しまりやのじいさんだったんだから。おかげであたしたち、さんざんみじめな思いをさせられたわ！」口にする気もしないといった表情で彼女は言葉を切った。

ヘイスティングズは困惑したようにつぶやいた。「しかし——そうしたことをあまりはっきり……」

「正直は考えものってこと？　ええ、あなたなら、そう言うと思ってたわ。あたしがこんな軽薄な服装をせずに、おとなしやかな喪服でもまとって、"かわいそうなクロード伯父さま、あたしたちみんなにとてもよくしてくださったのに"ってしめやかに追憶にふけるほうがどんなにいいか——あなた、そう思ってるんでしょ？」

「そんな！」

「いいの。取り繕う必要はないわ。あなたって人とつきあったら、人生一般にたいする、あなたのそういった態度がますます見え見えになる——あたしにはわかってんのよ、ちゃんと。あたしが言いたいのはね、人生は嘘やお体裁で飾り立てるほど長くはないってことなの。クロード伯父さんはあたしたちの誰にたいしても、親切じゃなかったわ。ほんといって、あたしたちみんな、あの伯父が死んでホッとしてるくらいよ。キャロライン叔母さんだって。かわいそうに叔母さん、あたしたちの誰よりも長いこと、あのしみったれじいさんを我慢してきたんですものね」

バーバラは急に冷静さを取りもどしたようで、前よりずっともの柔らかな口調で続けた。「あたしねえ、ずっと考えてきたのよ——厳密に科学的な見地に立って考えれば、キャロライン叔母さんがクロード伯父さんを殺した可能性だってありえないわけじゃないのよね。昨夜の心臓発作はほんとのとこ、奇妙な気がするわ。心臓発作なんかじゃなかったんでしょ？　長年のあいだ、抑えに抑えてきた感情から生じたコンプレックスが爆発してキャロライン叔母さんが……」

「理論的には考えられないことではないでしょうが」とヘイスティングズは用心深い口調でつぶやいた。

「それにしても化学式を盗んだのは誰なのかしら」とバーバラは続けた。「みんなはイタリア人のあの男だって言ってるけど、あたしはトレッドウェルがあやしいと思ってんの」

「執事のあの男があやしいと？　まさか！　なぜです？」

「彼、ただのいっぺんも、書斎に近づかなかったからよ」

ヘイスティングズは怪訝そうな顔をした。「だったら——」

「あたしってね、ある点ではとてもオーソドックスなの。いちばん疑わしくない人間を疑うように育てられてきたのよ。近ごろのミステリじゃいつも、いちばん疑わしくない人間が犯人と相場が決まってるんですものね。ざっと見回したところ、トレッドウェルこそ、本命じゃないのかしら」

「まあ、あなたをのぞけばね」とヘイスティングズは笑って言った。

「あたし？」とバーバラは笑いとばしたものかどうか、といった中途半端な微笑を浮かべて立ち上がって、ヘイスティングズから離れた。「奇妙だわ……」

「何がです？」とヘイスティングズも立ち上がった。

「たったいま、ひょいと頭に浮かんだことがあるのよ。ねえ、庭に出ない？　ここはうっとうしくて」とフランス窓のほうに歩みよった。

「ぼくはちょっと……」とヘイスティングズは口ごもった。

「ちょっと何なの？」

「この部屋を離れるわけにはいかないんですよ」

「あのねえ、あなた、この部屋に関して、それこそコンプレックスを持っているんじゃなくて？　昨夜、あなたがたが登場したときのことを覚えてる？　化学式がなくなっているって、あたしたちが揃いも揃って呆然としているところにあなたがたが入ってきたのよ。おまけにあなたったら、とてものんびりした口調で、〝気持ちのいいお部屋ですねえ〟って。すばらしいアンティクライマックスだったわ。あなたがたが入ってきた様子からして傑作だった。あの風変わりなあなたのお友だちは五フィートそこそこの背丈なのに、おそろしく威厳があって。あなたはあなたで、やたら礼儀正しくて」

「ポアロはちょっと見ると、確かに変わった印象を与えるでしょうね」とヘイスティングズはうなずいた。「人間らしい欠点もいろいろと持っていますしね。たとえばものすごく几帳面なんですよ、彼は。装飾品がほんの少し曲がって置かれていたり、どこかにほんのちょっと埃がたまっていたり、誰かの服が少しばかり乱れていたりというのが、むしょうに気になって仕方がないんですね」

「あなたがた、すばらしいコントラストよね」とバーバラは笑った。

「ポアロの方法は独得のものでしてね。秩序とメソッドが彼にとっては金科玉条なんです。目に見える、手に触れる証拠はむしろひどく軽蔑しています。つまり足跡とか、タバコの灰といったものを手掛かりにするのはどうもというわけです。おわかりでしょう? まったくの話、彼に言わせるとそうしたものは事件の解決にあたって、何の役にも立たないのです。事件解明の鍵は人間の内面的なものの掘り下げにある――ということなんでしょう。彼はあの卵形の頭をたたいて満足げに言うんですよ。〝灰色の脳細胞を忘れないこと。いいですか、モナミ、肝心なのは灰色の脳細胞ですからね〟って」

「かわいいおじいちゃんね」とバーバラは言ってのけた。「でもあなたのほうがもっとかわいらしいわ。〝気持ちのいいお部屋ですねえ〟――まいっちゃうなあ、もう」

「本当に居心地のよさそうな部屋じゃないですか」ちょっとムッとしたらしく、ヘイスティングズは憮然とした口調でつぶやいた。

「とくに居心地がいいとも思えないけど」とバーバラはヘイスティングズの手をつかんで、開け放たれているフランス窓のほうに引っ張って行こうとした。「とにかく、いつまでもここにくすぶっていることはないわ。さあ、行きましょ」

「ですが、ぼくはその――」と彼女の手を振りはなして、ヘイスティングズは言った。

「ポアロに約束したんですよ、つまり――」

バーバラはゆっくりした語調できいた。「ムシュー・ポアロに、この部屋を離れない――そう約束したってこと？ でもなぜなのよ？」

「それはぼくにもわかりませんが」

「へえ！」とバーバラはちょっとのあいだ、沈黙していたが、急にガラリと態度を変えてヘイスティングズの後ろに回り、ドラマティックな、おおげさな暗誦口調で言った。

「〝あわれ、少年は燃える甲板の上にただ一人立ちて……〟」

「はあ？」

「〝ただ一人立ちて……〟って詩にうたわれている、あの少年を気取ろうってわけなの、坊やちゃん？」

「おっしゃる意味がどうもよくわかりませんが」とヘイスティングズは憤然と言った。

「なぜ、わかる必要があって？　ああ、あなたって、ほんとにキュートだわ！」とバーバラはヘイスティングズの腕の中に自分の腕を滑りこませた。「さあ、あたしの誘惑にあっさり負けてちょうだい。ほんとに惚れ惚れしちゃう」

「からかわないでくださいよ」

「からかってなんかいないわ。あたし、あなたに夢中よ。ほんとに戦争前の純血種よね、あなたって」

バーバラはヘイスティングズをフランス窓のほうにグイグイ引っ張っていった。ヘイスティングズはあっさりその誘いに屈してつぶやいた。「変わったお嬢さんだなあ！　あなたみたいな人には、ぼくは会ったことがありませんよ」

「うれしいわ。それって、いい兆候なのよ」とバーバラはフランス窓の枠を額縁がわりに、彼と向かい合って立った。

「いい兆候？」

「そう、女の子って、そういう言葉を聞くと希望をいだきはじめるの」

ヘイスティングズは顔を赤らめたが、バーバラは軽く笑ってヘイスティングズを庭に連れ出した。

16

バーバラがヘイスティングズと庭に出ていった後、ほんのちょっとの間《ま》を置いてホールに通ずるドアが開いて、キャロライン・エイモリーが小さな手仕事袋を下げて入ってきた。長椅子のところに行くと、彼女は袋を下に置き、膝をついて長椅子の奥のほうに手を突っこんで探りはじめた。と、もう一つのドアが開いてドクター・カレリが入ってきた。帽子と小ぶりのスーツケースを持っていた。キャロラインを見て、カレリははたと足を止め、どうも失礼という意味のことをつぶやいたらしかった。

長椅子の奥に入りこんでいた編み棒を見つけて、キャロラインは立ち上がって、ちょっとあたふたした様子で、「わたし、編み棒を探していましたの」と言わでもがなの言い訳をして、編み棒を差し上げて見せた。「奥のほうに落ちこんでしまって」それからカレリが手にしているスーツケースに気づいてたずねた。「お立ちになるおつもりですの、ドクター・カレリ?」

カレリは帽子とスーツケースを椅子の上に置いた。「これ以上、お邪魔するのもどうかと思いますし」

いかにもうれしそうな表情を見せながらも、キャロラインは一応礼儀正しくつぶやいた。「まあ、もちろん、そうお考えでしたら無理にお引き止めするわけにもねえ——」と言いかけたが、この家にいる人間が現在置かれている状況にふと思いいたって、「でもあの、こんな折ですし、何かこう厄介な申し渡しがあったんじゃありませんでしたかしら……」とあやふやな口調で口ごもった。

「ああ、そっちのほうは話がついていますから」

「そうですの？　どうしてもとおっしゃるんでしたら……」

「ええ、そうさせていただきます」

「車を頼みますわ」とキャロラインは勢いよく言って、炉棚の上の呼び鈴を押そうとした。

「それにはおよびません。そちらのほうも自分で万事、手配しましたから」

「お荷物をご自分で下ろされたんですのね？　本当に使用人たちときたら、気が転倒しているんでしょうか、ただもうオタオタするばかりで……」キャロラインは長椅子にもどって腰を下ろし、袋から編み物を取り出した。「決まりの仕事にさえ、さっぱり集中できないようでしてねえ。ただもうあわてふためいていて。ほんとに困ったものですわ。おかしな話ですわねえ?」

見るから気が立っているらしく、カレリはぶっきらぼうに「はあ、まあ」とつぶやきながら、電話機のほうをちらっと見た。

キャロラインは編み物の手を動かしながら、意味もないおしゃべりを続けた。「十二時十五分の列車にお乗りになりますんでしょう? 駆けこみはいけませんわ。もちろん、わたし、余計な口を出す気はありませんけれどね。はたからうるさく口を出すのはよくないって、わたし、いつも言ってますのよ……」

「ええ、まったくです」とカレリは高飛車にさえぎった。「しかし時間は十分あると思いますから。ところで申しかねますが、電話を使わせていただけますか?」

キャロラインは一瞬顔を上げ、「ええ、もちろん」と言って、そのまま編み物の指を動かしつづけた。カレリが誰にも聞かれずに電話したいのではなどとは、彼女には思いもよらないことらしかった。

「ありがとうございます」とカレリはつぶやき、机の前に行って、ひとしきり番号を調べるふりをしながら、キャロラインのほうにいらいらと視線を走らせた。「姪御さんが探していらっしゃったようですが」

キャロラインはカレリのほのめかしを無視して編み物を続けながら、ひとしきりバーバラのことを話題にした。「バーバラって、ほんとにかわいらしい子ですのよ。でもこの土地ではねえ。若い娘には刺激が少なくて退屈でしょうから。でもこれからは万事、違ってまいりますでしょうね」言葉を続ける前に、彼女はこれからのことについて楽しく思いめぐらす様子だった。「もちろん、わたしとしてはこれまでもできるだけのことはしてきましたけれど、でも若い娘にははなやかなことも少しはねえ。ビーズワックスをいくら服用したって、その埋め合わせにはなりませんもの」

カレリはどうもわからないというように頭を振ったが、少なからず苛立っているのは明らかだった。「ビーズワックス？」と彼はお義理できいた。

「ええ、ビーズワックス——確かそんな名前でしたよ。それともビーマックスだったかしら？　ビタミン剤の名ですわ。少なくとも缶にはそう表示されていますわ。ビタミンABCD——みんな入っていますのよ。脚気《かっけ》にならないために服《の》むビタミン以外は全部。脚気の予防なんて、必要ないんじゃありませんの、このイギリスに住んでるかぎり？　イギリスに住んでる人間はかからないみたいですもの。未開発の国では、お米をとぎすぎないようにしないといけないんですってね。面白いこと。ビーズワックスをわたし、レイナーさんに毎日決まって朝食後に服ませるようにしていますのよ——ええ、ビーズワックスをね。だってあの人、かわいそうに、青びょうたんみたいで。ルシアにも勧めたんですけど、ことわられましてね」と感心しないと言わんばかりに首を振った。「わたしが娘のころには、ビーズワックス、いえ、ビーマックスの口直しにキャラメルをしゃぶるなんて、きびしく禁じられていたものですわ。あらあら、どっちがどっちかゴッチャになっちゃって。とにかく時代って変化しますのねえ」

つとめて取り繕おうとしてはいたが、このわけのわからない長談義を聞かされているうちに、カレリの忍耐は限界に達していた。「ええ、そうですね。ごもっともです、ミス・エイモリー」となるべく礼を失しないように受け答えしようとつとめつつ、彼はもっと直接的なアプローチを試みた。「姪御さんが呼んでおられるようですが」

「わたしを呼んでるんですの？」

「ええ、聞こえませんでしたか？」

キャロラインは聞き耳を立てた。「いいえ……おかしいわねえ」と編み物をクルクルと巻いて、「あなたはとても耳ざとくていらっしゃいますのね」と感心したように言った。「わたしだって、耳はそう遠くありませんけれど、いえ、それどころか、ついこのあいだも言われましたのよ……」

キャロラインは毛糸の玉を取り落とし、カレリがそれを拾って渡した。「まあ、ありがとうございます。そうなんですの、エイモリー家の人間はみんな、耳がいいんですの」と長椅子から立ち上がり、「わたしの父もそうでしたわ。年を取っても、耳も目も若いころと変わりませんでね。八十歳になっても、眼鏡なしで読書をしていましたわ」と、また毛糸の玉を落とし、またまたカレリが拾って渡した。

「まあ、ありがとうございます。父はすばらしい人でしてね、ドクター・カレリ、いつも羽根布団を掛けて、四本柱の大きなベッドにやすんでいましたっけ。寝室の窓は四六時中、閉めきりでしたね。夜気は体によくないって、父が言うものですから。残念なことにその後、父は痛風にかかりましてね、看護にあたったのは威勢のいい、若い看護婦で、窓の上のほうはいつも開けておかなければって言いはって。父はそれがもとで亡くなったんですのよ」

キャロラインはもう一度、毛糸の玉を落としたが、カレリはそれを拾うと、今度は彼女の手にそれをしっかり握らせ、彼女を戸口のほうに導いた。キャロラインはのろのろ歩きながら、あいかわらず、しゃべりつづけていた。「わたし、看護婦って大嫌いですわ、ドクター・カレリ、患者の病気のことを話の種にして、何かっていうと、お茶をガブガブ飲んで。それに使用人たちのあいだに波風を立てましてねえ」

「まったくです。おっしゃるとおりです」とカレリは早口に言って、ドアを開けた。

「恐れ入ります」と半ば押し出される格好でキャロラインが出て行くと、カレリは急いで机のところに行ってすわり、受話器を取った。ちょっと間を置いてから、彼は低い声で、しかし急きこんで言った。「マーケット・クレイヴの三〇四番です。ロンドン、ソーホーの八八五三番に――いえ、五三番です。え？　いったん切るんですね？　お願いします」

カレリは受話器を置くと、いらいらと爪を噛みながらたたずんでいたが、ややあって部屋を横切って書斎の戸口に行き、ドアを開けて入って行った。と、レイナーがホールから読書室に入ってきて部屋の中を見回し、さりげなく暖炉に歩みよって、こよりの入っている壺に手を触れた。そのとき、カレリがまた書斎から出てきた。書斎のドアをカレリが閉めたとき、レイナーが振り返った。

「ここにおいでになったんですか」

「通話を申し込んだものですからね」

「そうでしたか」

ちょっと間を置いて、カレリがきいた。「あの警部という男はいつ、やってきたんですか？」

「二十分ばかり前です。もうお会いになりましたか？」

「遠くから姿を見かけただけですがね」

「警視庁の警部だそうですよ。たまたまほかの事件の捜査で近くにきていたということで、ここの警察が協力を要請したようです」

「それは好都合でしたね」

「まったくです」電話が鳴ってレイナーが受話器を取ろうとしたとき、カレリが急いで立って、「私が申し込んだ電話がつながったんでしょう」と、ちらっとレイナーを見た。

「申しかねますが……」

「ああ、いいですよ。しばらくはずしましょう」

レイナーが出て行った後、カレリは受話器を取った。「もしもし」と低い声で彼はささやいた。「ミゲルか？　いや、まだなんだ。だめだったんだよ……そうじゃない。きみにはわかるまいが、じいさんが昨夜、ひょっこり死んじまってね……いや、もう長居はせんよ……ジャップがここにきているんだ……ジャップだよ、警視庁の……いや、まだ会ってない……ああ、そうしよう……いつもの場所で、今夜の九時半にね……わかった」

受話器を置くと、カレリは部屋のくぼんだ一隅に置いてあったスーツケースを取り上げ、帽子をかぶると、フランス窓のほうに歩きだした。ちょうどそのとき、庭からエルキュール・ポアロが入ってきて、カレリとぶつかった。「失礼」とカレリは詫びた。

「どういたしまして」とポアロは慇懃に言ったが、どこうとはしなかった。

「通していただきたいんですが」

「それはだめです」とポアロは温厚な口調で言った。「あいにく」

「ぜひともお通し願いたいんですが」

「そういうわけにもね」とポアロは愛想よく微笑して答えた。

突然、カレリはポアロに向かって突進した。しかしポアロがすばやく脇によけて、思いがけず敏捷な身ごなしで彼の足をすくい、同時にカレリのスーツケースをその手からひったくった。そこにジャップがポアロの後を追うように入ってきたので、カレリはジャップの腕のうちに倒れこんでしまった。

「何ですか、この騒ぎは？」とジャップ警部は叫んだ。「おや、驚いたな、トニオじゃないか！」

「ほう！」とポアロはさっと脇によけて軽い笑い声を立てた。「やっぱりね。あなたならこの紳士の本名を教えてくれると思いましたよ、ジャップ君」

「知っているどころじゃありませんよ！　トニオは有名人ですからね。そうだろう、トニオ？　たったいまのポアロさんの動きには肝をつぶしたろうね？　ありゃあ、なんです、ポアロさん？　日本のジュージュツのたぐいですかね？　気の毒に、トニオもあなたにかかっちゃあね！」

　ポアロはカレリのスーツケースをテーブルの上に置いて、蓋《ふた》を開けた。カレリは唸るような声でうそぶいた。

「それはどうかね」とジャップは言った。「証拠は何もないんだ。逮捕はできないよ」

「例の化学式を盗んでサー・クロードを殺したのは、手近にいた人間と見当はついているんだから」ポアロのほうに向き直って、ジャップはつけ加えた。「あの化学式はトニオのねらいそうな代物ですからね。おまけにずらかろうとしているところを捕まえたんです。ブツを所持しているに違いありませんや」

「おおかたね」とポアロは答えた。

　ジャップはすばやくカレリのポケットを探り、一方、ポアロはスーツケースの中を調べた。

「どうです？」

「何もないですね」とポアロはスーツケースの蓋を閉めた。「がっかりです」

「あんたがたは結構利口なつもりだろうがね」とカレリが凄みを利かせた。「まあ、おれの言うことを聞くがいい。じつはね……」

ポアロが静かな、意味ありげな口調でさえぎった。「あなたにもそれなりに言いたいことはあるんでしょうが、はたして賢明でしょうかね、洗いざらいブチまけるのは」

カレリはギョッとしたように口走った。「どういうこった？」

「ポアロさんの言われるとおりだよ」とジャップが言った。「余計な口は出すなってね」ホールに通ずるドアのところに行って、ジャップはドアを開けて、「ジョンソン！」と呼んだ。ジョンソンがドアの陰から首を突き出した。「家族の人たちを残らずここに呼んでくれないか」

「かしこまりました」と答えてジョンソンはひっこんだ。

「そんなのないぜ、おれは——」とカレリは喘ぐように言い、いきなりスーツケースをひっつかんでフランス窓に突進しようとした。しかしジャップがすかさず追いかけて、引きもどすなり、長椅子の上に投げ出し、スーツケースを引き取った。

「いまのところ、誰もおまえを痛めつけちゃあいない。キーキー言うな」とジャップはすっかりおとなしくなってしまったイタリア人の男を怒鳴りつけた。

ポアロがブラブラとフランス窓のほうに歩いて行くのを見て、ジャップは「まだ帰らないでくださいよ、ポアロさん」と呼びかけて、カレリのスーツケースをコーヒー・テーブルの脇に置いた。「これからが面白いんだから」

「いやいや、帰るつもりはありません。この場で拝聴しますよ。家族会議はあなたも言うとおり、きわめて興味深いものとなるでしょうからね」

17

数分後、エイモリー一家の人々が読書室に集まりだしたとき、カレリはむっつりした表情であいかわらず長椅子に腰掛けており、ポアロはフランス窓のあたりをブラブラしていた。バーバラ・エイモリーはヘイスティングズを引き連れて庭からフランス窓を通ってもどってきて、長椅子にカレリと並んですわった。

ヘイスティングズがポアロの脇に立ったとき、ポアロがささやいた。「それぞれがどこにすわるか、気をつけて見ていてくれると助かるんですがね」

「助かる？　どういうことです？」

「心理的に大いに助かるんですよ」とポアロはポッツリ言った。

次に部屋に入ってきたルシアにヘイスティングズがそれとなく視線を注いでいると、彼女はテーブルの右手の椅子に腰を下ろした。リチャードはキャロライン叔母とやってきて、妻に目が配れるようにテーブルの背後に座を占めた。キャロラインは腰掛けにすわった。次がレイナーで、肘掛け椅子の後ろに回った。最後に警官のジョンソンが入ってきてドアを閉ざし、その近くに控えた。

リチャード・エイモリーが、まだジャップに会っていなかった二人を彼に紹介した。

「ぼくの叔母のキャロライン・エイモリーと従妹のバーバラ・エイモリーです」

バーバラがふときいた。「なんだかおおげさね、警部さん、どういうことなのかしら?」

ジャップはこの質問にまともに答えることは避けて、「みなさん、集まってくださったようですね」と暖炉の前に歩みよった。

キャロライン・エイモリーはどういうことなのか、さっぱり呑みこめないといった表情で、少々不安そうだった。「わたしには何のことだかさっぱり。ねえ、リチャード――こちらの方、この屋敷にどういう用事がおありなのかしら?」

「そう、叔母さんに話しておかなければならないことがあったんですよ」とリチャードは答えて、「みんなにも聞いてもらおう」と一同の顔を見回してつけ加えた。「ドクター・グレアムが言うには、父はその――毒殺されたということだ」

「何ですって?」とレイナーがハッとしたようにきき返した。キャロライン・エイモリーが恐ろしげな悲鳴を上げた。

「ヒオスシンで毒殺された――そうケネスは言うんだよ」

レイナーがハッとしたように問い返した。「ヒオスシンで？　驚きましたね、なぜって、ぼくは見たんです。つまり――」と急に言葉を切ってルシアを見つめた。

彼のほうに一歩近づいて、ジャップ警部はきいた。「何を見たんですか、レイナーさん？」

レイナーは困惑したように、「いや、べつに――ただ……」とあやふやな口調で言って口ごもった。

「失礼ですが、レイナーさん、私としては本当のところを聞かせてもらわないと困るんですよ。あなたが何か隠しておられるということは、誰の目にも明らかです」

「べつにたいしたことではありませんから。それにおそらく十分納得の行く説明ができることなんでしょうし」

「説明？　何の説明ですか、レイナーさん？」とジャップが詰問した。

レイナーはまだ躊躇していた。

「え、どうなんです？」

「いや、ぼくはその――ただちょっと――」とレイナーはいったん言葉を切り、それからやっと決心したように続けた。「じつはミセス・リチャード・エイモリーが、小さな錠剤を瓶から手のひらの上にあけておられるのを見たものですから」

「それはいつのことですか？」

「昨夜です。ぼくがサー・クロードの書斎から出てきたとき、ほかの人たちは蓄音機のまわりに集まっていたんですが、ぼくがたまたま何気なく見ていると、ミセス・エイモリーが錠剤の瓶を取り上げて——ヒオスシンの瓶だったと思います——大部分を手のひらにあけておられたんです。ちょうどそのとき、サー・クロードに呼ばれてぼくは書斎に引き返したんですが」

「そのことをどうして、もっと前に話してくださらなかったのです？」とジャップが詰問した。

ルシアが何か言おうとしたが、ジャップが手を上げて制した。「ちょっとお待ちください、ミセス・エイモリー、あなたの言い分は、レイナーさんが言われることを聞いてから伺いましょう」

「それっきり、そのことはぼくの念頭を離れていました」とレイナーは続けた。「いましがたリチャードさんが、サー・クロードがヒオスシンで毒殺されたと言われたので思い出したんです。もちろん、どうってこともなかったんでしょうし、ただ偶然の一致といいますか、とにかくハッとしたんですよ。あの錠剤だって、ヒオスシンじゃなかったのかもしれませんし。つまりミセス・エイモリーが手にしておられたのは、まったくほかの薬瓶だったのかも」

ジャップはルシアのほうに向き直った。「では奥さん、あなたの言い分を伺いましょうか」

ルシアは案外落ち着いた様子で答えた。「あたし、何か睡眠薬がほしかったんですの」

ジャップはふたたびレイナーにきいた。「奥さんは瓶の中の錠剤をほとんどみんな、手のひらにあけておられた——あなたはそう言いましたね？」

「ぼくにはそう見えましたが」

ジャップはふたたびルシアのほうに向き直った。「睡眠薬としてなら、そうたくさん服用する必要はなかったのではありませんか？　一、二錠で十分だったでしょう。残りはどうなさったのです？」

ルシアはちょっと考えてから答えた。「よく覚えていませんわ」言葉を続けようとしたとき、カレリが立ち上がって吐き出すように言った。毒をふくんだ口調だった。「警部さん、この女は人殺しですよ」

バーバラはサッと立ち上がってカレリから身を引き離し、ヘイスティングズは急いでバーバラのそばに歩みよった。カレリはなお言葉を続けた。「こうなったら、洗いざらい話しますよ、警部さん、おれがこの家にきたのは、この女に会うためだったんでさ。彼女が呼んだんですよ。サー・クロードの化学式を盗み出すから買ってほしい――そう言ってね。おれがこれまでにも、そうした代物を扱ったことがあることは認めますがね」

「おまえがそう認めたからって、こっちはちっとも驚かんよ」とジャップはカレリとルシアのあいだに割って入った。「そんなことくらい、こっちは先刻承知だ」とカレリを決めつけて、今度はルシアに向かって言った。「何かおっしゃりたいことがありますか、奥さん？」

ルシアは色を失って立ち上がった。リチャードがすばやくそのそばに行き、カレリに向かって「こいつ、許さんぞ！」と吐き出すように言いかけたが、ジャップが制止した。

「まあまあ、エイモリーさん」

カレリは臆面もなくまた言いつのった。「あの女をごらんなさい！　どういう女か、どなたもご存じない。だが、こっちは先刻ご承知だ。あの女はセルマ・ゲーツの娘ですよ。稀代の悪女セルマ・ゲーツの血をわけた娘なんですからね」

「そんなの、嘘よ、リチャード」とルシアが叫んだ。「でたらめよ！　この人の言うことに耳を貸さないでくださいな……」

「おまえの骨を一本残らず、へし折ってくれる！」とリチャードは恐ろしい形相でカレリを睨みつけた。

ジャップ警部が一歩、歩みよってなだめるように言った。「落ち着いてください、エイモリーさん、ともかくも真相をつきとめないことには」とルシアのほうに向き直って、「では奥さん」と促した。

いささかの沈黙の後、ルシアは「あたし……あたし……」と言いかけて口ごもり、まず夫を、ついでポアロを訴えるように見やり、彼のほうに術なげに片手を差し伸べた。

「勇気をお持ちなさい、マダム」とポアロははげますように言った。「私を信じてください。みなさんに話すのです、真実を。もはや嘘が何の役にも立たない土壇場に、私たちは立たされているのですからね。こうなったら、どうでも真実が明らかにされねばなりません」

ルシアは懇願するようにポアロの顔を見つめたが、彼はただ、「勇気をお持ちなさい、マダム」と繰り返すばかりだった。「そうです、思いきって真実をお話しなさい」それだけ言って、彼はフランス窓のそばにもどった。

長い沈黙の後、ルシアはようやく口を開いた。抑えた、低い声だった。「あたしがセルマ・ゲーツの娘だというのは本当です。でも、あたしがその人をここに呼びよせたというのは本当ではありません。あたしがサー・クロードの化学式を渡そうと言ったというのも嘘です。その人はここに、あたしを恐喝するためにやってきたのです」

「恐喝だって！」とリチャードは妻のほうに歩みよった。

ルシアは夫のほうに向き直った。思いつめたものの感じられる声音《こわね》で彼女は言った。

「その人、化学式を手に入れて自分に渡せって威《おど》したんです。さもなければあなたに、母のことを話すって。でもあたし、渡さなかったわ。その人が自分で盗んだに違いないんです。盗む機会はあったんですもの。あの部屋に、サー・クロードの書斎に、たった一人で入って行きましたしね。いま考えてみるとその人、いっそ、あたしがヒオスシンを服《の》んで自殺すればいいと思っていたんでしょうね。化学式を盗んだのがあたしだとみんなが思うように。まるで暗示に、催眠術にかかったみたいに、あたし、あのとき、ついフラフラと……」声がとぎれ、ルシアはリチャードの肩に顔を埋めて泣きじゃくった。

「ああ、ルシア、かわいそうに！」とリチャードは叫んで妻をひしと抱きしめた。それから、立ち上がってやさしく手を差し伸べているキャロライン叔母に妻をゆだねて、ジャップに向かって言った。「警部さん、あなたと二人だけで話したいのですが」

ジャップは一瞬、リチャードの顔を見つめ、それからジョンソンに向かって軽くうなずいた。「まあ、いいでしょう」ジョンソンがドアを開けると、キャロラインとルシアがまず部屋を出た。バーバラとヘイスティングズはフランス窓からふたたび庭に出て行った。レイナーは出て行く前にリチャードの耳にささやいた。「すみませんでした、リチャードさん」

カレリがスーツケースを取り上げて、その後に続こうとしたとき、ジャップがすかさず、ジョンソンに指示した。「ミセス・エイモリーから目を離さんように。ドクター・カレリからもね」カレリが戸口で振り返ると、ジャップはつけ加えた。「誰にも妙な行動を取らせんように。わかったな？」

「承知しました」とジョンソンはカレリの後について出て行った。

「お気にさわったかもしれませんがね、エイモリーさん」とジャップはリチャードに言った。「しかしレイナーさんがああ言われた以上、慎重を期しませんと。ポアロさんにはここに残ってもらいます。あなたがおっしゃろうとしていることが何であれ、証人として」

リチャードは重大な決断に達したようにつかつかとジャップに近づき、大きく一つ息を吸いこんでから呼びかけた。「警部さん！」

「何でしょうか？」

わざとのようにとてもゆっくり、リチャードは答えた。「こうなったら、何もかも申し上げます。ぼくが父を殺したのです」

ジャップは微笑して言った。「そうおっしゃられてもね」

リチャードは驚いたようにきき返した。「どういうことですか？」

「まあね、いきなりそう言われても、はい、そうですかと受け入れるわけにはいかないんですよ。あなたが奥さんを深く愛しておられるのはよくわかります。新婚なんですしね。しかし性悪女のために、自分から首つり縄に頭を突っこむことはありませんや。そりゃ、奥さんはあのとおりの器量よしだ。あなたの気持ちもわからんじゃあないが」

「ジャップ警部！」とリチャードは憤然と言った。

「私に腹を立てても無駄というものです」とジャップは落ち着きはらって言った。「私は持って回った言い方はせんたちでしてね、包み隠しのない真実をさらけ出したまでです。ここにいるポアロさんも、私と同じ意見だと思いますよ。お気の毒ですが、義務は義務、殺人は殺人です。何があろうとそれは変わりません」とジャップは大きくうなずいて、部屋から出て行った。

長椅子にすわって、この場の様子を眺めていたポアロのほうを振り向いて、リチャードは冷ややかな口調できいた。「あなたもぼくに、警部と同じことをおっしゃるつもりですか、ムシュー・ポアロ？」

ポアロは立ち上がって、ポケットからシガレット・ケースを取り出してタバコを一本取った。リチャードの問いに答えるかわりに、彼はきいた。「ムシュー・エイモリー、あなたはいつ、奥さんに疑いをお持ちになったのですか？」

「ぼくはけっして――」とリチャードは言いかけたが、ポアロがさえぎった。彼はテーブルの上からマッチ箱を取り上げながら言った。「ムシュー・エイモリー、お願いですから本当のことをおっしゃってください。あなたは奥さんに疑いを持たれた。私が到着する前に、すでに奥さんを疑っておられたのでしょう。それだから、あなたは私をこの家から退散させようとやっきになっておられたのです。否定しないでください。エルキュール・ポアロを欺こうとしても無駄というものです」彼はタバコに火をつけてマッチ箱をテーブルにもどし、上背のあるリチャードを見上げて微笑した。卵形の頭の小男と背の高いハンサムな青年。それこそ、絶妙なコントラストだった。

「それはあなたの考え違いです」とリチャードは硬い口調で言った。「たいへんな考え違いです。ルシアをぼくが疑うなんて！」

「しかしながらもちろん、あなたについても奥さんの場合と同じように、疑わしい点はないわけではありません」とポアロは考えこんでいるように続けながら腰を下ろした。

「あなたは薬瓶を整理なさった。コーヒーカップを父上のもとに運ばれた。あなたは金づまりだった。なんとか、まとまった金額を手に入れたいと必死だった。そう、誰かがあなたを疑ったとしても無理はありません」

「ジャップ警部はあなたと意見を異にしておられるようですが」

「ああ、ジャップ警部ですか！　彼には常識がありますからね。夫を愛するあまり、思い悩んでいる女性とは違います」

「夫を愛するあまり？　何のことです？」

「あなたに心理学の講義をしてさしあげましょう、ムシュー。私が到着したとき、奥さんは私に帰らないでくれ、殺人者を見つけてくれと言われました。罪を意識している人間がそんなことを言うでしょうか？」

「ではつまり――」とリチャードが口走った。

「つまり、こういうことです。この日の太陽が沈む前に、あなたは疑惑をいだいたことについて、ひざまずいて奥さんの赦しを乞うに違いありません」

「どういうことですか？」

「少し言いすぎたかもしれませんね」とポアロは立ち上がった。「とにかくムシュー、私に万事おまかせください。すべてをこのエルキュール・ポアロにまかせることです」

「あなたには、ルシアを救うことができるのですか？」絶望に打ちひしがれた声音で、リチャードはきいた。

ポアロは真面目な表情でリチャードを見返した。「私はすでに約束しました。もっともそのときには、どんなにそれが困難か、十分に気づいていなかったのですが。おわかりですか？　時があまりないのです。すぐに手を打たなければなりません。あなたは、何事も私が申し上げるとおりにしようと約束してくださらなければいけません。質問もせず、これ以上、ことを紛糾させることなく。約束できますか？」

「ええ」とリチャードは不承不承うなずいた。

「よかった。さて、私が言うことを聞いてください。私が提案することはむずかしくもないし、不可能でもありません。それはいうならば、良識というものです。この家はやがて、くまなく警察の捜索を受けることになるでしょう。どっちを向いても警官がいるでしょう。彼らはどこにでも首を突っこんで詮索するに違いありません。あなたにとっても、ご家族にとっても、たいへん不愉快なひとときが続くでしょう。この家をお出なさい」

「警察にこの家を明け渡せとおっしゃるのですか？」と信じられないといった口調でリチャードはきいた。

「そのとおりです。もちろん、この近所に留まる必要はあるでしょう。しかしこのあたりのホテルは結構居心地がいいようです。ホテルに部屋をお取りなさい。警察があなたがたに質問をしたいときに手近にいるように」

「しかしいつ、ホテルに移ったらいいんでしょう？」

ポアロはにっこりした。「さっそく、そうなさったらいいと思いますよ」

「しかし、はたから見たら、いかにも奇妙ではないでしょうか？」

「そんなことはありませんとも。けっして」とポアロは微笑を浮かべて請け合った。「むしろ——そうですね、心ある行動と見えるのではないでしょうか。ご家族の方としてはこの事件の連想は耐えがたいでしょうし、いっときもここに留まりたくないと思われたとしても、もっともしごくです。世間の聞こえもわるくないと思いますしね」

「しかしジャップ警部が何と言われるか」

「ジャップ警部には私から話しておきましょう」

「しかしそうした行動からどういうよい結果が生じるか、ぼくにはどうもわからないのですが」

「もちろん、あなたにはおわかりにならないでしょうね」とポアロの口調には少なからず自己満足めいた響きがあった。ひょいと肩をすくめて彼は続けた。「あなたご自身が理解する必要はないのです。このエルキュール・ポアロにわかっているだけで、十分なのですから」彼はリチャードの肩を軽く押さえて言った。「さあ、ホテルに行く用意をしておいでなさい。用意に集中できなければ、レイナーさんにお頼みなさい。さあ、早く！」彼はリチャードを戸口のほうにほとんど押し出すようにした。

ポアロをもう一度、不安そうに見返った後、リチャードはようやく部屋から出ていった。「イギリス人は頑固だからな」とポアロはつぶやいた。そしてフランス窓のところに行って、声を上げて呼んだ。「マドモアゼル・バーバラ！」

18

ポアロの声に応じて、バーバラ・エイモリーがフランス窓の外に姿を見せた。「お呼びになった？　何かご用？」

ポアロは彼なりにせいぜい魅力的な笑顔を向けた。「すみませんがマドモアゼル、ヘイスティングズを一、二分、貸していただけますか？」

バーバラは思わせぶりな流し目をポアロにくれて言った。「あーら、つまんない、あたしの坊やちゃんを取り上げちゃうつもり？」

「ほんの短い時間、拝借するだけですよ、マドモアゼル。お約束します」

「だったらいいわ、ムシュー・ポアロ」庭にもどってバーバラは声を上げて呼んだ。

「お呼びよ、坊やちゃん！」

「ありがとうございます」とポアロはまたにっこり笑って、丁寧に一礼した。バーバラの姿が消えるとまもなく、ヘイスティングズがフランス窓から読書室に入ってきた。ちょっと間がわるそうな顔をしていた。

「何か申し開きすることがありますかね？」とポアロがわざと怒ったようにきくと、ヘイスティングズは弁解がましく微笑した。「へらへら笑いながら、きみは平気で私の期待を裏切るんですねえ。ここで見張り番をしていてもらおうと思ったのに、恥ずかしげもなく、あのチャーミングなお嬢さんと庭をお散歩ですか。きみは概して頼りになる男ですが、かわいらしい若い娘さんが登場したとたん、分別も何もどこへか吹っ飛んでしまうんですから情けない話です。やれやれ！」

ヘイスティングズは気弱な笑顔をひっこめて、顔を赤らめて弁解した。「本当にすみませんでした、ポアロ、ほんの一秒のつもりで庭に出たんですがね、窓ごしにあなたが部屋に入ってくるのが見えたものだから、見張りはもういいんじゃないかと解釈したんですよ」

「つまり、もどって私と顔を合わせないほうが得策だと判断したわけですね。まったくきみは困った人だ、ヘイスティングズ、この場をはずしたことできみは取り返しようのない損害をおよぼしかねなかったんですよ。私がここにもどると、カレリがいました。大切な証拠を勝手にいじくっていたのかもしれないし、何をやっていたのか、わかったものじゃありませんよ」

「本当にすみませんでした、ポアロ、謝りますよ」とヘイスティングズは詫びた。「取り返しのつかぬ損害がおよばなかったとしたら、まったく僥倖《ぎょうこう》というものでしょう。しかし、われわれが灰色の脳細胞を働かせるべき瞬間が訪れたのです」ヘイスティングズの頬を軽く打つ真似をしながら、ポアロは愛情をこめてその肩をたたいた。

「よかったじゃないですか！　さっそく仕事に取りかかりましょう！」

「いやいや、モナミ、よくはないんですよ。事態はきわめて曖昧です」ポアロは困惑したように顔を曇らせた。「どうもはっきりしないのです――昨夜と同様に」ちょっと思案してから、彼はつけ加えた。「しかし――そう、まあ、思いついたことがないでもありません。思いついたというか、その端緒というか。そう、それを取っかかりにしてみますか」

まったくわけがわからないといった表情で、ヘイスティングズがきいた。「いったい、何のことですか？」

ポアロは急に真面目になって、考えこんだような口調で言った。「サー・クロードはなぜ、亡くなったか？　どう思いますか、ヘイスティングズ？　答えてください。サー・クロードはどうして亡くなったのでしょう？」

ヘイスティングズはあっけに取られたように友人の顔を見つめた。「そんなこと、わかりきっているじゃありませんか！」

「そうでしょうか？　きみにははっきりわかっているんですか？」

「ええ、まあ……」とヘイスティングズは少々あやふやな口調で言った。「それはその――毒を盛られたからでしょう」

ポアロはもどかしげな身ぶりをして言った。「確かにね。しかしなぜ？」

慎重に思いめぐらしたすえにヘイスティングズは答えた。「つまり――泥棒が気を回したんじゃないですか？　あのですね――」ポアロがゆっくり首を振るのを見て、ヘイスティングズはまた言葉を切った。

「泥棒がそんなふうに気を回さなかったとしたら、安心していたとしたら……どうでしょうかね？」

「さあ、どうもねえ……」

ポアロは友人のそばを少し離れ、それから彼の注意を引くように片方の腕を差し上げて振り向き、足を止めると軽く咳払いをした。「事の次第を順を追って私から話してみることにしましょう。おそらくこうだったろう――というか、犯人の意図はこうだったろうという私自身の推測をね」

ヘイスティングズはテーブルの脇の椅子に腰を下ろした。

「ある夜、サー・クロードが椅子にすわったまま亡くなります」と言って、ポアロは肘掛け椅子に歩みよって腰を下ろし、一瞬、言葉を切って、思い深げにふたたび繰り返した。「そう、サー・クロードは椅子にすわったまま、息を引き取ります。別段、疑わしい状況においてではありません。死因はおそらく心臓麻痺ということになったでしょう。その後、数日たってから故人の残した書類に家人が目を通すでしょうが、誰もがもっぱら遺言書を探すでしょう。しかし葬儀の後に、あたらしい爆薬に関する書類が完全ではないということが明らかになります。そもそも正確な化学式が存在したかどうかということは、結局、わからずじまいかもしれません。こうした事情がこの一件の泥棒氏にとって何を意味するか、ヘイスティングズ、きみにはわかりますか？」

「ええ」

「何を意味するでしょう？」

「何をって……」

「安全保障ですよ。それは泥棒に一種の安全保障を与えます。彼は盗んだものを自分が望むときに、何の心配もなしに始末できるわけです。いささかのプレッシャーもありません。よしんば化学式の存在が知られていたとしても、犯行を隠蔽する時間的余裕も十分あったでしょうから」

「まあ、そういう見方もできるでしょうがね」とヘイスティングズは曖昧な口調でつぶやいた。

「もちろんですよ！　私はエルキュール・ポアロなんですから。しかしこうした考え方から、どういう推論が引き出されるか、その点に注目してください。それはサー・クロードの殺害がもののはずみで行なわれた行き当たりばったりの犯行ではなかったことを物語っています。それは前もって周到に計画された犯行だったのです。そう、前もって。わかりますか、この意味が？」

「いいえ」とヘイスティングズはいかにも彼らしく率直に認めた。「ぼくがそうしたことにさっぱり頭が働かないことは、あなたがいちばんよく知っているはずです。場面はサー・クロードの屋敷の読書室――ぼくにはせいぜいのところ、そのぐらいしかわかりません」

「そう、われわれはサー・クロードの読書室にいます。時刻は朝でなく、夜です。ちょうど電灯が消えたところで、泥棒の計画は破綻をきたしています」

ポアロは背筋を伸ばしてすわり直し、論点を強調するように人さし指を振った。「普段ですと翌日まで金庫に近よらないサー・クロードが、その日たまたま金庫を開けて化学式の紛失に気づきました。そして、彼自身も言ったように、泥棒はネズミよろしく見事に罠にはまってしまったのです。しかし殺人者でもある泥棒は、サー・クロードの知らない、あることを知っていました。数分後にはサー・クロードが永遠に沈黙せざるをえないだろうということをね。彼――いや、彼女かもしれません――とにかく犯人は解決しなければならない問題を一つ、たった一つ、かかえていました。ほんの数分の真っ暗闇のあいだに化学式を記した紙片をどこに隠すかという問題です。目を閉じてみてください、ヘイスティングズ、私と同じように。明かりは消えました。私たちには何も見えません。しかし音は聞こえます。その場面を私たちに説明して聞かせたときのキャロライン・エイモリーの言葉を繰り返してみてください――できるだけ正確に」

ヘイスティングズは目を閉じた。そして思い出そうと努力しつつ、ゆっくりした口調でとぎれとぎれにつぶやいた。「喘ぐような音……」

ポアロはうなずいた。

「ハアハアと喘ぐ音」とヘイスティングズは続けた。ポアロはふたたびうなずいた。ヘイスティングズはちょっと沈黙し、それからまた続けた。「ついで椅子が倒れる音。金属的なチャリンという音。たぶん、鍵が落ちた音でしょう」

「そのとおり、鍵でしょうね。続けてください」

「悲鳴。ルシアの悲鳴です。彼女はサー・クロードに向かって呼びかけています。それからドアをノックする音――ちょっと待ってください――初めのほうで、シルクが裂けるような音がしたんでしたっけ」ヘイスティングズは目を開けた。

「そう、シルクが裂けるような音でした」とポアロは叫んで、立ち上がって机のところに行き、そこからさらに部屋を横切って暖炉の前に立った。「手がかりはみんな、その束の間の闇のうちにあるんですがね。しかしわれわれの耳は何も語ってはくれない」とポアロは炉棚の上のこよりの壺の位置を機械的に直した。

「やめてくださいよ。くだらないものの置き場をやたら直すのは、ポアロ。あなたときたら、暇さえあればそれなんだから」

ふと気を引かれて、ポアロは壺に掛けていた手を離した。「いま、何て言いましたか？　そう、そのとおり、私は以前にこの壺の位置を直しましたよね」と、つくづくと壺を眺めた。「曲がって置かれていたのを真っ直ぐに直したことを覚えているんですが、また直さなければならなくなりました」と興奮した口調で言った。「どうしてですかね、ヘイスティングズ、どうしてなんでしょう？」

「曲がって置かれていたからでしょうが」とヘイスティングズがくさくさしたような口調で言った。「あなたは整理魔だから」

「シルクが裂けるような音！」とポアロは叫んだ。「いや、ヘイスティングズ！　同じ音ですよ」とこよりを見やって、やにわに壺を取り上げた。「紙を裂く音だったんだ……」と彼は炉棚の前を離れてつぶやいた。

その興奮ぶりが伝染したのか、ヘイスティングズも跳び上がって友人に近づき、「どういうことです?」とたたみかけるようにたずねた。

ポアロは立ち上がって、こよりを壺から長椅子の上にぶちまけて、一本、一本、眺めてはヘイスティングズに渡した。「ここに一つ、ここにも、ああ、ここにも」ヘイスティングズはこよりを一本開いて、しげしげと眺めて、「C19、N23」と読み上げた。

「そう、問題の化学式ですよ!」

「すごいじゃないですか!」

「元通りにこよりに縒《よ》ってください、急いで!」ポアロの命令にしたがって、ヘイスティングズは手早く、こよりを元通りに縒った。「もっと早く縒れませんか? のろいなあ!」とポアロは急きたてた。「さあ、早く、早く!」ヘイスティングズの手からこよりをひったくって、ポアロはそれを壺の中に入れて急いでそれを炉棚の上にもどした。

ものも言えないほど強烈なショックを受けたような面持ちで、ヘイスティングズも炉棚の前にたたずんだ。

ポアロはにっこり微笑した。「きみは、私がしたことを興味しんしん見守っていましたね？　私が壺の中に入れたものは何だったでしょう？」

「こよりでしょうね、もちろん」とヘイスティングズはせいぜい皮肉な口調で言った。

「いえ、モナミ、これはチーズですよ」

「チーズ？」

「まさにね、モナミ、チーズです」

「ねえ、ポアロ、あなた、べつに気分はわるくないんでしょうね？　頭痛がしていると か、目が回りそうだとかいった兆候はないんですか？」

ポアロは友だちのいささか軽薄な言いぐさを無視して答えた。「きみはチーズを何に使いますか、ヘイスティングズ？　そう、チーズはね、ネズミを捕まえる餌として使われるんですよ。後はネズミを待つばかりです」

「で、ネズミは……」

「ネズミはやがてやってきますよ、モナミ」ポアロは請け合った。「それは確かです。メッセージを送りましたからね。反応は必ずあるはずです」

このポアロの簡明な宣言がどういう意味か、ヘイスティングズがまだ腑に落ちずにポカンとしているうちに、ドアが開いてエドワード・レイナーが入ってきた。

「ポアロさん、ここにいらっしゃったのですか。ヘイスティングズ大尉もごいっしょに。ジャップ警部が二階でお二人にお会いになりたいそうですが」

19

「すぐ行きますよ」とポアロは答えて、ヘイスティングズとともに戸口に進みかけた。レイナーは暖炉の前に立っていた。ポアロは戸口でクルッと踵《きびす》を返して部屋の中央にもどって言った。「ところでレイナーさん、けさ、ドクター・カレリがこの部屋においでになったかどうか、ご存じでしょうか？」

「ええ、こられましたよ。ぼくがここにきたときに顔を合わせましたから」

「そうですか！」とポアロはうれしそうに言った。「ここで何をしておられたんでしょうかね？」

「電話をしようとしておられましたね」

「あなたが部屋に入られたときに？」

「いいえ、そのときはちょうどこの部屋にもどってこられたところでしたよ。サー・クロードの書斎から」

ポアロはちょっと考えてから、またきいた。「そのとき、あなたはどのあたりにおられたんでしょう？　覚えていらっしゃいますか？」

あいかわらず暖炉の前にたたずんだまま、レイナーは答えた。「この部屋にいたことは確かなんですが、さあ、どこにいたか」

「ドクター・カレリの電話は一部でも聞こえませんでしたか？」

「いえ、一人にしてほしいと言わんばかりでしたから、部屋をあけたんですよ」

「なるほど」と言って、ポアロはちょっとためらい、手帳と鉛筆をポケットから取り出して、とあるページに数語書き、それをやぶいて、「ヘイスティングズ」と呼んだ。戸口の近くにいたヘイスティングズがやってくると、ポアロは彼にやぶいたページを折りたたんで渡し、「すみませんが、これをジャップ警部に渡してくれませんか」と頼んだ。

レイナーは部屋から出て行くヘイスティングズを見送ってきいた。「どういうことなんですか？」

手帳と鉛筆をポケットに納めてポアロは答えた。「ジャップ君に、もう二、三分したらそっちに行くからと伝えてもらったんですよ。そのときに殺人者の名前も明かすことができるだろうとね」

「ほんとですか？　つまり、あなたはサー・クロードを殺したのが誰か、はっきりご存じなんですね？」とレイナーが興奮した声音で言った。

一瞬の静寂のあいだ、ポアロはレイナーをその人となりから発する一種の魔力によって金縛りにしているかのようだった。レイナーはポアロを、まるで魅せられているようにまじまじと見つめていた。ポアロはやおら口を開いた。

「そう、殺人者が誰か、私なりにようやくつきとめることができたように思います。たまたま私は、少し前に起こったべつな事件を思い出していたんですよ。エッジウェア卿殺人事件です。今後もあの事件を忘れることはありますまい。あのとき、私はすんでのことで背負い投げを食わされるところでした。このエルキュール・ポアロが頭のからっぽな、すこぶる単純な精神の人間の詭計の前に、敗北を喫するところだったのです。ムシュー・レイナー、よく心に刻んでおいてください。単純しごくな精神はしばしば、およそ複雑でない犯罪を犯してそれになんら粉飾を加えません。この天衣無縫さこそ、天才の妙技といってもいいでしょう。ところがサー・クロードの殺人者は知的で頭脳明晰、自分の賢さにいい気持ちになり、いうならば〝野の百合〟に金箔を塗りたくる誘惑に抵抗できなかったのです」

ポアロの目は抑えがたい興奮にらんらんと輝きはじめていた。

「おっしゃる意味がよくわからないのですが」とレイナーが言った。「殺人者はミセス・エイモリーではないということですか？」

「そう、ミセス・エイモリーではありません」とポアロは言った。「それで、さっきのメモを書いたんですよ。ミセス・エイモリーはもう十分に辛い思いをなさいました。これ以上、あの方を尋問する必要はありますまい」

レイナーはちょっと考えこむ様子だったが、ハッとしたように叫んだ。「すると、本命はあのドクター・カレリですね？　そうでしょう？」

ポアロは指を一本突き出して、いたずらっぽく振り、「ムシュー・レイナー、最後の最後まで、私の小さな秘密を明かさずにおくことをお許しください」とハンカチーフを取り出して額を拭いた。「まったく、今日は暑いですなあ！」

「何かお飲みになりますか？」とレイナーがきいた。「飲み物をおすすめすべきでしたのに、気が利かずに失礼しました」

ポアロはにっこり笑って答えた。「ご親切にありがとうございます。お手数でなければウイスキーを」

「もちろんですとも。少々お待ちいただけますか？」とレイナーは部屋から出て行った。ポアロはのんびりフランス窓のほうに歩みより、庭にちょっと目をやった。それから長椅子のところに行って、クッションをかわるがわるふるい、ついで暖炉の前へと歩いて行って炉棚の上の装飾品を眺めながらたたずんでいた。いくらも待たないうちにレイナーがウイスキー・ソーダのグラスを二つ、盆にのせて運んできた。レイナーは装飾品の一つに触れようとしているポアロにじっと目を注いだ。

「これはなかなか値打ち物のアンティークのようですね」とポアロが水差しを取り上げてつぶやいた。

「そうでしょうか？」とレイナーが気のなさそうな返事をした。「こうしたものについては、ぼくはあまりよく知らないものですから。さあ、こちらにおいでになって、一杯、召し上がりませんか？」とレイナーは盆をコーヒー・テーブルの上に置いた。

「ありがとうございます」とポアロもコーヒー・テーブルの前に立った。

「では」とレイナーがグラスをちょっと上げて一口、味わった。

ポアロは一礼して、もう一つのグラスを取り上げた。「いただきます。ところで私の推理の次第についてお話ししましょうか。最初に気づいたことはですね……」ポアロは突然言葉を切って、何かの物音が耳に入ったかのように肩ごしに振り返り、まず戸口を、ついでレイナーを見やって、誰かが立ち聞きしているのではという思い入れで、指を一本口に当てがった。

レイナーは心得たようにうなずき、ポアロと前後して足音を忍ばせて戸口に行った。ポアロはレイナーにこのまま、じっとしていてくれと身ぶりで伝えた後、ドアをパッと開けて、外に飛び出したが、ひどくがっかりした様子ですぐもどってきた。「確かに物音が聞こえたと思ったんですが、どうやら思い過ごしだったようです。私の勘がはずれることはめったにないんですがね。ではご健康を祝して《ア・ヴォートル・サンテ》」とウイスキーを飲みほした。

「ああ、ようやく！」とレイナーは嘆息して、自分もグラスをかたむけた。

「何か、言われましたか？」

「いえ、なんでもありません。どういうのか、重荷を下ろしたような気分なんですよ。それだけのことです」

ポアロはテーブルのところに行ってグラスを置いた。「じつを申しますとね、ムシュー・レイナー、私は正直言って、このウイスキーという、イギリスの国民的飲み物があまり好きになれませんでね。どうも舌に苦くて」と肘掛け椅子に腰を下ろした。

「本当ですか？　どうもすみません。ぼくのはちっとも苦くなかったんですが」とレイナーはグラスをコーヒー・テーブルの上に置いて続けた。「何かおっしゃりかけたようでしたが？」

ポアロは驚いたような表情でつぶやいた。「そうでしたか？　何か言いかけて忘れてしまったんですかね。おそらく私の調査のプロセスについて説明しようとしていたんだと思いますよ。いいですか《ヴォアイヨン》。一つの事実が次の事実に導き、それからそれへと進展して行くんですよ。この事実は前の事実にうまく符合するだろうか？　うまいぞ《ア・メルヴェイユ》！　その調子——という具合にね。さあ、次の事実はどうだろう？　いや、おかしいぞ、鎖の一環が抜け落ちている。そこで検討を加えて、ぴったり当てはまるものを探すわけです。ちょっとした、奇妙な事実、ごく何でもなさそうな事実、ぴったり符合しない事実が出てきたら、はっきり頭に刻みつけておくのです！」ポアロは片手を大仰に振り回した。「やや、こいつは意味深長だ！　そう、重大な意味がある——というふうに」

「なーるほど」とレイナーはあやふやな口調でつぶやいた。

ポアロが人さし指を突っ立ててレイナーの顔の前ではげしく振ったので、レイナーは思わず、たじたじと後じさりした。「お気をつけなさい！　〝こんなちっぽけなもの、無視してもいいだろう。どうってことはありゃしない。うまく当てはまらないに決まっているから、いっそ忘れてしまおう〟そんな態度は混迷を招きます。あらゆることが意味を持っているのですから」ポアロは突然、言葉を切って額をたたいた。「ああ、思い出しましたよ、何をあなたに言うつもりだったのか。ちょっとした、一見、意味もない事実についてです。ムシュー・レイナー、私はあなたに埃《ほこり》について申し上げようと思ったのでした」

レイナーはあくまでも礼儀正しく、微笑を浮かべてきき返した。「埃についてですって、ムシュー・ポアロ？」

「そのとおりです。ついさっきもヘイスティングズに言われたんですよ。〝あなたは探偵であって、メイドではないんですから〟とね。気の利いたことを言って私をへこませたつもりなんでしょうがね。私に言わせると、メイドと探偵には結局のところ、共通点があるんですよ。メイドの仕事はどういったものでしょう？　メイドは箒《ほうき》を手に、部屋の隅々まで掃除して回ります。都合よく片隅に転がりこんでいたようなものを明るみに出します。探偵のすることも、これと大差ないんじゃないでしょうか？」

レイナーはうんざりしたような顔をしながらも、低い声で、「なかなか興味深いご意見ですね、ムシュー・ポアロ」とつぶやいて、テーブルの脇の椅子のところに行って腰を下ろし、それからきいた。「しかしおっしゃりたいことはそれだけですか？」

「いえ、そういうわけでもありませんが」とポアロは前に身を乗り出して言った。「あなたが私に埃の目つぶしを食わせたとは言いますまい。何しろ、この部屋には埃など、まるでないんですから。おわかりですか？」

レイナーはポアロの顔をじっと見つめた。「おっしゃる意味がよくわかりませんが」

「あの薬の缶の蓋の上には埃がまったくたまっていませんでした。マドモアゼル・バーバラもそう言っておられましたっけ。しかし、埃はたまっているはずでした。缶ののっていた、あの棚自体には」とポアロは書棚のほうに手を振り、「埃がこってり積もっていたんですからね。それで私はピンときたんですよ」と結んだ。

「ピンときたとは、どういうことですか?」

「つまり、あの缶を最近取り下ろした者がいるということです。サー・クロード・エイモリーを毒殺した人間は、昨夜、あの缶に手を掛ける必要はなかったのです。人目につく気づかいはないとわかっているときに、前もって必要なだけの分量を取り出しておいたんですからね。ムシュー・レイナー、あなたはあのとき、この缶に近よりませんでしたね。必要なだけのヒオスシンをすでに取り出していたからです。しかしコーヒーカップには触れておられましたね」

レイナーは理不尽な糾弾にじっと耐えていると言わんばかりに忍耐づよく微笑した。

「おやおや、あなたは私がサー・クロードを殺したとおっしゃっているんでしょうか?」

「否定なさるんですか?」

レイナーはちょっと間《ま》を置いてから答えた。その声音にはそれまでと打って変わって荒々しい響きがこもっていた。「いいえ、否定はしませんよ。どうして否定する必要があるでしょう？　ぼくはね、うまく立ち回ったと、われながら誇らしい気分さえ感じているんですよ。すべてが何の支障もなく、スムーズに運ぶはずでした。サー・クロードが昨夜、たまたま金庫を開けたのは不運でしたよ。それまでは一度もそんなことをしたためしがなかったんですから」

ポアロは奇妙に眠そうな声でたずねた。「どうしてあなたは、こんなふうに私を相手に打ち明け話めいたことを言われるんですか？」

「いいじゃないですか。あなたは人の気持ちの良くわかる方ですから、あなたと話すのはとても愉快なんですよ」とレイナーは笑って続けた。「ええ、もう少しでしくじるところでしたね。しかしそこがぼくの腕の見せどころ、禍《わざわい》を転じて福となすといったところで」と勝ち誇ったような表情でうそぶいた。「とっさにうまい隠し場所を思いつくというのは、なかなかたいしたものじゃないでしょうかね。化学式が現在、どこにあるか、当然知りたいとお思いでしょうね？」

眠気がつのってきたのか、ポアロの呂律《ろれつ》は少々怪しくなっていた。「さあ——おっしゃる意味がよくわかりませんが……」ささやくような声だった。

「あなたはちょっとした過ちを犯しましたね、ムシュー・ポアロ」とレイナーは嘲るように言った。「残念ながら、あなたはぼくの知力を過小評価していらしたようです。あのカレリについて、あなたが言われたハッタリに騙されるようなぼくではありません。あなたのような頭のいい人がカレリが犯人だと信じるわけがない。一考の価値もありませんよ。ぼくは大きな賭けをしているんです。あの化学式をしかるべき筋に渡せば五万ポンドは軽いでしょう」と椅子に楽々と背をもたせかけた。「ぼくのような有能な男の場合、五万ポンドという大金で何ができるか、まあ、考えてもみてください」

睡魔と必死で戦っているような、ぼんやりした声でポアロは何とか返事をした。「そんなことは──考える気も──しません……」

「そうでしょうとも。よくわかりますよ。まあ、お互い、観点の相違というものを受け入れないことにはね」

ポアロは前に身を乗り出し、なんとかしゃんとしようと必死で努力しているようだった。「そうはいかない。私があなたを──糾弾──しますからね。このエルキュール・ポアロが……」おしまいの方は言葉にならなかった。

「ところが、そのエルキュール・ポアロにもう手の打ちようがないときている」とレイナーは、ぐったり椅子にもたれた探偵を尻目に宣言した。嘲笑とも聞こえる笑い声を上げてレイナーは続けた。「このウイスキーは苦い味がすると言いながら、あなたは気づいていなかったんですか？　ぼくはね、ムシュー・ポアロ、あの缶からヒオスシンの瓶を一瓶だけでなく、幾瓶か、取っておいたんですよ。じつのところ、あなたにはサー・クロードの場合より、いくらか分量を多くしたくらいです」

「ああ、何という《モン・デュー》……！」とポアロは喘ぎながら立ち上がろうとして、弱々しい声で「ヘイスティングズ――ヘイス……」と叫ぼうとしたが、中途でとぎれて声にならなかった。ポアロは椅子にぐったり沈みこんだ。まぶたが閉ざされた。

レイナーは立ち上がって椅子を脇に押しやり、ポアロの上に身をかがめた。「さあ、せいぜいがんばって目を覚ましていてくださいよ、ムシュー・ポアロ。化学式の隠し場所は、あなただって知りたいでしょう。いかがです？」

レイナーはポアロの反応を待つ様子だったが、ポアロの目は閉ざされたままだった。「われわれの友人であるドクター・カレリが言ったように、夢一つ見ない、すみやかな死、目覚めることのない死が、いまあなたを捕らえているんですよ」レイナーはこう素っ気なく言って炉棚の前に行き、こよりの束を取ってそれを折りたたむとポケットにしまった。それからフランス窓に歩みより、ちょっと振り返った。「さようなら、ムシュー・ポアロ！」

レイナーが庭に出ていこうとしたとき、ポアロの声が響いた。ごく正常な、朗らかな声だった。「封筒は持っていらっしゃらなくてもいいんですか？」

レイナーはクルッと振り向いた。その瞬間、ジャップ警部が庭から読書室に入ってきたのだった。レイナーは二、三歩後じさりし、ちょっとためらったが、逃げようと心を決めたらしく、やにわに走りだしてフランス窓から外に出ようとした。しかしジャップと、ちょうど庭から姿を現わしたジョンソンに取り押さえられた。

ポアロは椅子から立ち上がって、大きく伸びをした。「どうです、ジャップ君、何もかも、それこそバッチリ聞いたでしょうね？」

ジョンソンの助けを借りてレイナーを部屋の中央に引きもどして、ジャップは言った。「ええ、一言一句、はっきりとね、あなたのメモのおかげで、ポアロさん、ついこの窓の外のテラスにいながらにして、何もかも聞かせてもらいましたよ。しかし、まだ何か出ないともかぎらないから、こいつの身体検査をしておきましょう」こう言って、ジャップはレイナーのポケットからこよりを取り出し、コーヒー・テーブルの上にぶちまけた。ついで同じポケットから小さな薬瓶を引き出した。「ヒオスシンの瓶だな。からっぽになっている！」

「やあ、ヘイスティングズ、ありがとう」とポアロは、ホールに通ずるドアからウイスキー・ソーダのグラスを持って現われたヘイスティングズに声をかけた。ヘイスティングズはグラスをポアロに渡した。

「いいですか?」とポアロはレイナーにむかって噛んでふくめるように言って聞かせた。「私はね、あなたの自作自演の喜劇に三枚目の役どころで登場するのはごめんこうむったんですよ。そのかわりに、私の喜劇にあなたに登場してもらうことにしました。メモをジャップ君とヘイスティングズに渡して、ある指示を与えておいたわけです。そのうえで、あなたが筋書きどおりに芝居を運べるように、暑いとこぼしたんです。おそらくあなたが飲み物を用意しようと言い出すと思ってね。それこそ、あなたが必要としているきっかけだったでしょうからね。その後はまさにとんとん拍子に進展しましたっけ。私が戸口に行ったとき、ヘイスティングズがあらかじめ用意しておいたべつなグラスを渡してくれたんですよ。つまり、あのとき、私はグラスを取り替えて部屋にもどったわけです。そんな具合に喜劇は着々と進行しました」ポアロはグラスをヘイスティングズに返して言った。「私は自分の役どころをなかなか巧者にこなしたんじゃないでしょうかね」

一瞬、ポアロと目を合わせた後、レイナーが言った。「あなたがこの屋敷に足を踏み入れた瞬間から、ぼくはあなたを恐れていました。ぼくの計画はうまくいくはずだった。あの糞いまいましい化学式と引き替えに五万ポンドか、それ以上の金を手に入れられれば、一生安楽に暮らせるはずだった。けれどもあなたが姿を現わした瞬間から、あのもったいぶった、愚かな老人を殺し、やつの化学式をものにして逃げおおせようという、ぼくの計画について確信が持てなくなったんです」

「きみが並々ならぬ知力の持ち主だということは、先刻承知していましたがね」と言って、ポアロは肘掛け椅子にふたたびすわって、自己満足たっぷりに微笑した。

ジャップが一気呵成に言った。「エドワード・レイナー、サー・クロード・エイモリーの故殺の容疑であなたを逮捕する。ちなみに、あなたの今後の発言は証拠として採用される可能性があることを警告しておく」

ジャップは身ぶりでジョンソンに、レイナーを連行しろと指示した。

20

　ちょうど読書室に入ってこようとしていたキャロライン・エイモリーは、ジョンソンに引き立てられて出ていくレイナーと戸口ですれ違って、不安そうに振り返った。「あの、ムシュー・ポアロ、本当なんでしょうか？」立ち上がって迎えたポアロに、彼女は喘ぐような声できいた。「兄を殺したのは本当にレイナーさんだったんですの？」

「ええ、そのようですね、マドモアゼル」

　キャロラインはすぐには言葉も出ないくらい、つよいショックを受けたらしかった。

「まあ——なんてことでしょう！　とても信じられませんわ。どうしてまたそんな！　わたしたち、いつだってあの人を家族同様に扱ってきましたのよ。ビーズワックスだって、何だって、みんなと同じにすすめて……」唐突に踵を返したとき、リチャードが入ってきて、やみくもに走りだそうとする叔母のためにドアを押さえた。キャロラインがふたたび部屋を後にしたとき、入れ替わりのようにバーバラが庭から入ってきた。

「あきれてものも言えやしない」とバーバラは言いはなった。「エドワード・レイナーだったなんてねえ。とても信じられないわ。彼が犯人だってつきとめた人は、よっぽど頭がいいのねえ！　いったい、誰なの？」

こう言って意味ありげにポアロを見つめたが、ポアロはジャップ警部の方に軽く一礼して、「この事件を解決したのはジャップ警部です、マドモアゼル」と言った。

ジャップは大にこにこ。「あなたは大した人ですよ、ムシュー・ポアロ。それにあくまでも紳士ですねえ」一同に向かって軽くうなずき、ジャップはまだポカンとしているヘイスティングズの手から問題のウイスキー・グラスを引き取って、「差し支えなかったら、この証拠は私が預かりましょう、ヘイスティングズ大尉、よろしいですね？」と言った。

「ほんとにすばらしいわ。でもクロード伯父さんを殺したのは誰か、つきとめたのは本当にジャップ警部だったんですか？」とバーバラはポアロに近づいて、無邪気そうにきいた。「もしかしてムシュー・ポアロ、あなただったんじゃないのかしら？」

ポアロはヘイスティングズのそばに歩みより、片手で友人を引き寄せて、「マドモアゼル、本当の功労者はこのヘイスティングズなんですよ」と言った。「彼の鋭い言葉にハッとして、私は手掛かりの端緒をつかんだんですから。ヘイスティングズを庭に連れ出して、彼から一切を聞いてください」

ポアロは友人をバーバラのほうに押し出して、二人をフランス窓のほうに追いやった。

「ほんとなの、坊やちゃん？　まあ、すてき！」とバーバラはおどけた声で言って溜め息をもらし、連れ立って庭に出ていった。

リチャード・エイモリーがポアロに何か言おうとしたとき、ホールとのあいだのドアが開いて、ルシアが入ってきた。夫を見てハッとしたように立ち止まって、ルシアはおずおずとつぶやいた。「リチャード……」

リチャードは振り返って妻を見た。「ルシア！」

ルシアは二、三歩、部屋の中に歩みを進めつつ、「あたし——」と言いかけて口ごもった。

リチャードは妻に近づきかけて、急に足を止めた。「ルシア、きみ……」

二人ともひどくどぎまぎして、きまり悪げだった。と、ルシアはポアロに気づき、両手を差し伸べて近づいた。「ムシュー・ポアロ、あたしたち、あなたになんてお礼を申し上げたらいいか」

ポアロはその手を取った。「つまり、マダム、あなたの悩みはすべて解決したわけですね！」

「確かに人殺しは捕まりましたわ。でもあたしの悩みがすべて解決したと言えるでしょうか？」とルシアの声音《こわね》にはやるせなげな響きがこもっていた。

「そういえば、まだ幸せそうなお顔とも言いきれないようですね」

「あたし、また幸せになれるんでしょうか？」

「なれると思いますよ」とポアロは目をキラリと光らせて言った。「このポアロじいさんを信じることです」部屋の中央のテーブルの脇の椅子に彼女を導いて、ポアロはコーヒー・テーブルからこよりの束を取り上げると、リチャードに近づいて差し出した。

「サー・クロードの化学式を、ムシュー、あなたにお返ししましょう。このこよりを接《つ》ぎ合わせれば――こういうとき、英語ではどういう表現を使うんでしたっけね？――掛け値なしの値打ち物ですよ」

「驚いたなあ、化学式が見つかったんですか！」とリチャードは叫んだ。「ほとんど忘れていましたよ。見る気もしないなあ。このおかげでわれわれがどんな迷惑をこうむったか。父はこいつのせいで命を落としたんですし、ぼくらみんなの生活もめちゃめちゃになるところだったんですからね」

「これをどうするつもり、リチャード？」とルシアがきいた。

「わからない。きみはどうしたい？」

立ち上がって夫に近づいて、ルシアはささやくように言った。「あたしに任せてくださる？」

「これはきみのものだ」とリチャードはこよりの束を妻に渡した。「どうとも、きみの望みどおりにしたまえ」

「ありがとう、リチャード」とルシアは低い声でつぶやいた。それから暖炉の前に行き、炉棚の上のマッチ箱からマッチを一本取り出して、こよりに火をつけて、燃え上がるこよりを一本、一本、炉の中に落とした。「この世界にはすでに苦しいことがありあまるほどありますもの。このうえさらに多くの苦しみが加わるなんてまっぴらだわ」

「マダム」とポアロが言った。「あなたは、何万ポンドもの値打ちのある貴重なものを、数ペンスの価値しかないもののように平然と燃やされました。脱帽しますよ」

「いまでは一かたまりの灰に過ぎませんわ――あたしの人生のように」とルシアは溜め息をついた。

ポアロは鼻を鳴らした。「おやおや！　だったらめいめい、棺桶でも注文しようじゃないですか？」とふざけるようにわざと陰気な口調で言った。「とんでもない。私なら幸せを謳歌し、大いに喜び、大いに踊ったり、歌ったりしたいですね。お二人に私は言いたい」とリチャードをかえりみた。「遠慮のないところを言わせていただこうと思います。マダムはうつうつと考えこまれ、〝あたしは夫を欺いた〟と自己嫌悪におちいっておいでです。ご主人はご主人で〝ぼくは妻を疑った〟としょげこんでおられる。しかしあなたがたお二人がいまのいま、心から願っていることはお互いの腕の中に跳びこむことではないでしょうか？」

ルシアは一歩夫の方に歩みよった。「リチャード……」

「マダム」とポアロは口をはさんだ。「サー・クロードはあなたを疑っておられたかもしれません。それというのも、誰かが——おそらくかつてカレリの一味だった人間でしょう、ああいう手合いはしょっちゅう、仲間われしていますから——数週間前に彼のもとに、あなたのお母さまについて匿名の手紙をよこしたからです。しかしあなたは愚かにもご主人がどんなにあなたを愛していらっしゃるか、気がつかなかった。ご主人はあなたを救うために、自分が父を殺したと嘘の自白をして、ジャップ警部の手にご自分を引き渡そうとなさったのですよ」

ルシアは小さく叫んで夫を見つめた。

「そして、ムシュー」とポアロは続けた。「ほんの半時間ほど前にあなたの奥さまは私の耳に、自分がお父上を殺したとはげしい口調でささやかれたんですよ。あなたの犯行ではないかという疑惑を持たれたからです」

「ルシア」とリチャードはあふれる思いをこめて妻の名を呼び、彼女に寄り添った。

「いかにもイギリス人らしく、あなたがたは私の面前では抱き合ったりなさらないでしょうから、私はもう退散いたしましょう」とポアロは二人から少し離れてつぶやいた。

ルシアはポアロに近よって、その手を取った。「ムシュー・ポアロ、あなたのご親切、一生、忘れませんわ」

「私もあなたを忘れないでしょう、マダム」とポアロは彼女の手にキスをして言った。

「ムシュー・ポアロ」とリチャード・エイモリーが言った。「なんとお礼を申し上げてよいやら。あなたはぼくとぼくらの結婚を破綻から救ってくださいました。この感謝の気持ちをどうお伝えしたものか……」

「どうか、もうお忘れください。お役に立てて、こんなうれしいことはありません」

ルシアとリチャードは愛情をこめて互いに見かわしながら、庭に出て行った。リチャードの腕は妻の肩に回されていた。窓のところに立って、ポアロは呼びかけた。

「あなたがたに神の祝福があるように！　ああ、もしも庭でバーバラさんにお会いになったら、ヘイスティングズ大尉を私に返してくださるよう、お伝えください。そろそろロンドンにもどる時間ですから」部屋にもどって暖炉のほうを見やり、「やれやれ！」と嘆息して彼はこよりが入っていた壺の位置を直した。

「さあ《ヴォアラ》、これでよし！　秩序は回復しました」こうつぶやいて、ポアロはいかにも満足げに戸口に歩みよったのだった。

ホットチョコレート好きのポアロが探る、ホットコーヒー殺人

料理研究家&料理探偵
貝谷　郁子

クリスティーで登場する印象的な飲み物は？　とアンケートを取ったら、きっと圧倒的な一位になるのが、紅茶だろう。何と言ってもイギリスは紅茶の国。特に、古き良きイギリスである。実際に紅茶を飲むシーンはどの作品にもよく登場する。ミス・マープルはひとりの朝食にも、外でも、紅茶がなければはじまらないし、殺人犯さがしの打ち合わせの時ですら「お茶を飲む間は殺人の話はよしましょうよ」と慎み深いイギリス女性らしくお茶の時間を大切にする。ポアロはといえば、決して紅茶好きではないのだが、イギリスにいるのだから当然紅茶にしょっちゅう遭遇することになる。

では、毒を入れる飲み物はというと？　毒殺はクリスティー作品の中で決して多くはないのだけれど、私にとってはやはり一番に来るのが紅茶だ。それも、実際は紅茶では

なかったのに紅茶に罪が着せられそうになるパターン。ミス・マープル登場の『ポケットにライ麦を』である。ある社長が家で朝食をとり、会社に出て、秘書に熱い紅茶を入れてもらい、飲んですぐに苦悶する。「お茶が――いったい、何を、きみは――お茶のなかに――苦しい――」とお茶を疑いながら死んでしまうのである。実際には朝食の中に毒が仕込まれていたのだけれど。それから、『殺人は容易だ』でも。ネタばらしになるので多くは書けないけれど、物語の終盤で、ある女性が、疑ってもいなかった人から、紅茶に睡眠薬を入れられるのだ。幸いというべきか、彼女は、出された紅茶が嫌いで飲まずにこっそり流してしまい、危機をまぬがれる。この時の紅茶はイギリスでは「東洋の香り」とされるラプサン・スーチョンである。

お酒に毒、もよくある。島に招かれた十人の男女が一人ずつ殺されてゆく、有名な『そして誰もいなくなった』での最初のひとりは、男たちがみんなで飲んでいたウイスキーに毒を入れられる。『忘られぬ死』で自分の誕生パーティの席で死んだローズマリーは、シャンペンに毒を自分で入れたか誰かに入れられたか……。

そんな中、『ブラック・コーヒー』はタイトル通りブラック・コーヒーに毒を入れられるのが発端の物語。

もともと、私は飲み物や食べ物に毒を入れて殺すという「毒殺」が好きではない。飲んで、食べて楽しく元気になる素になるはずの「食べ物」で殺すというのがそもそも食べ物を冒瀆している気がして、料理家の私としては許せないのだ。しかし、別に、だからといって他にどういう殺し方ならヨシ、というわけではないのだが（ミステリ好きなわりには私は気が弱いので、殺人がないミステリがあればいいと思うくらいなのだ）。

しかし、百歩ゆずって毒殺の物語になるとすれば、やはりコーヒーが一番いいかもしれない、と思う。なぜなら、酸味が強いものから苦味が強いものまでありとあらゆる口当たりのコーヒーがあり、ふだん飲み慣れていないタイプには無防備だからだ。たとえば、焙煎が深く苦味が強く、酸味がほとんどないタイプが大好きな私なら、ある日出されたコーヒーが毒入りゆえに異常に酸味が強くても「う？　好きじゃない味だけど、こんな酸味のコーヒーもあるんだな」と思うだけだろう。逆に、マイルドなものを飲んでいる人が妙に苦いコーヒーを飲んでも同じはず。犠牲者となった科学者、クロード卿はこのパターンだったのかもしれない。

コーヒーは最初に、クロード卿の読書室のコーヒーテーブルに置かれる。そこからクロード卿の書斎に、一杯だけコーヒーが運ばれる。彼はある疑いを胸に、一族のみんなや秘書、客人を読書室に呼び、錠をおろしてしまう。そしてコーヒーカップを手に入ってくるのである。他のみんなもコーヒーを飲んでいる中、彼は自分のカップに角砂糖を一つ落とし、みんなに重大な話をする。自分の大発明である化学式が、誰かに盗まれたらしいので、探偵を呼んだ、と。そしてコーヒーを飲み終えて言うのだ「今夜のコーヒーはばかに苦いな」。原文では unusually bitter。直訳すれば常になく苦い、となる。ここまでを読んだ限りでは、家族の中に自分への裏切り者がいるという苦い現実に、飲むコーヒーすら「いつになく苦い」のかと思ってしまった。しかし違うのである。

みんなの間に、彼の話の動揺が広がり、言い争いや訴えが起こって一段落した頃、クロード卿はまたも言う。「口の中に（コーヒーの）味がまだ残っているようだ」と。結局この言葉が彼の最期の言葉になるのである。この直後に現れたポアロはクロード卿が死んでいるのを発見する。

誰がコーヒーをクロード卿のもとに運んだか。カップに毒を入れるチャンスがあったのは誰か、そもそも殺す動機があるのは誰か……ポアロの謎解きは、こうして始まる。友人のヘイスティングズ大尉と共にこの屋敷に滞在し、ひとりひとりの秘密に迫っていくのだ。犯人の可能性があるのはその時家にいた者たちだけ、それぞれにいわくありげ。いわば、謎解きの定番といえる筋立てである。私の場合は作中に「こいつだ！」とひらめくことはなく、誰もが怪しく思えただけだった。この人かも、あ、やっぱりこっち？と思っているうちに意外な展開を迎えるところはやっぱり、名探偵ポアロの推理ならでは。ポアロの推理にのっかって、安心して、いっきに読めるのである。

　ところで、この「小説版」はクリスティー研究家が戯曲版から小説化したもので、原版である戯曲もクリスティー文庫から発行されている。戯曲も小説版も、それぞれに味わいがあっていいのだが、小説版ならではの「加筆」で私が好きなのは冒頭。ここにも飲み物が出てくる。戯曲では事件が起こった読書室から舞台がはじまるが、小説版ではポアロがロンドンの自宅で朝食を取っているシーンからはじまるのである。

「ポアロはちょうどブリオッシュと熱いチョコレートの朝食を食べ終えたところだった。二杯目が運ばれるのを待つあいだ、彼はテーブルの上の郵便物にふたたび目をやった」

「濃くて甘いチョコレートの味わいもだが、ポアロは二杯目のチョコレートを飲みながら、もう数分、こうしていられるのがうれしかった」

　ご存じ、甘党ポアロの面目躍如である。朝の飲み物は紅茶でもなく、コーヒーでもない。ホットチョコレートドリンク。どろりと甘い液体を、二杯飲む。『ホロー荘の殺人』では十時のチョコレートドリンクをのんびり飲んでいる、という描写があるので、もしかしたらイギリス人の紅茶のごとく、一日何杯も飲むのかもしれない！　ポアロは、チョコレートを飲みながらクロード卿からの依頼の電話を受けることになるのだ。ブラック・コーヒーの事件はチョコレートを飲みながら。そこが何とも、ポアロなのである。

灰色の脳細胞と異名をとる
〈名探偵ポアロ〉シリーズ

本名エルキュール・ポアロ。イギリスの私立探偵。元ベルギー警察の捜査員。卵形の顔とぴんとたった口髭が特徴の小柄なベルギー人で、「灰色の脳細胞」を駆使し、難事件に挑む。『スタイルズ荘の怪事件』（一九二〇）に初登場し、友人のヘイスティングズ大尉とともに事件を追う。フェアかアンフェアかとミステリ・ファンのあいだで議論が巻き起こった『アクロイド殺し』（一九二六）、イニシャルのＡＢＣ順に殺人事件が起きる奇怪なストーリーが話題をよんだ『ＡＢＣ殺人事件』（一九三六）、閉ざされた船上での殺人事件を巧みに描いた『ナイルに死す』（一九三七）など多くの作品で活躍し、最後の登場になる『カーテン』（一九七五）まで活躍した。イギリスだけでなく、イラク、フランス、イタリアなど各地で起きた事件にも挑んだ。

映像化作品では、アルバート・フィニー（映画《オリエント急行殺人事件》）、ピーター・ユスチノフ（映画《ナイル殺人事件》）、デビッド・スーシェ（ＴＶシリーズ）らがポアロを演じ、人気を博している。

1 スタイルズ荘の怪事件
2 ゴルフ場殺人事件
3 アクロイド殺し
4 ビッグ4
5 青列車の秘密
6 邪悪の家
7 エッジウェア卿の死
8 オリエント急行の殺人
9 三幕の殺人
10 雲をつかむ死
11 ABC殺人事件
12 メソポタミヤの殺人
13 ひらいたトランプ
14 もの言えぬ証人
15 ナイルに死す
16 死との約束
17 ポアロのクリスマス
18 杉の柩
19 愛国殺人
20 白昼の悪魔
21 五匹の子豚
22 ホロー荘の殺人
23 満潮に乗って
24 マギンティ夫人は死んだ
25 葬儀を終えて
26 ヒッコリー・ロードの殺人
27 死者のあやまち
28 鳩のなかの猫
29 複数の時計
30 第三の女
31 ハロウィーン・パーティ
32 象は忘れない
33 カーテン
34 ブラック・コーヒー〈小説版〉

世界中で上演されるクリスティー作品

〈戯曲集〉

劇作家としても高く評価されているクリスティー。初めて書いたオリジナル戯曲は一九三〇年の『ブラック・コーヒー』で、名探偵ポアロが活躍する作品であった。ロンドンのスイス・コテージ劇場で初演を開け、翌年セント・マーチン劇場へ移された。一九三七年、考古学者の夫の発掘調査に同行していた時期にオリエントに関する作品を次々執筆していたクリスティーは、戯曲でも古代エジプトを舞台にしたロマン物語『アクナーテン』を執筆した。その後、『そして誰もいなくなった』、『死との約束』、『ナイルに死す』、『ホロー荘の殺人』など自作長篇を脚色し、順調に上演されてゆく。一九五二年、オリジナル劇『ねずみとり』がアンバサダー劇場で幕を開け、現在まで演劇史上類例のないロングランを記録する。この作品は、伝承童謡をもとに、一九四七年にクイーン・メアリの八十歳の誕生日を祝うために書かれたBBC放送のラジオ・ドラマを舞台化したものだった。カーテン・コールの際の「観客のみなさま、どうかこのラストのことはお帰りになってもお話しにならないでください」の一節はあまりにも有名。一九五三年には『検察側の証人』がウィンター・ガーデン劇場で初日を開け、その後、ニューヨークでアメリカ劇評家協会の海外演劇部門賞を受賞する。一九五四年の『蜘蛛の巣』はコミカルなタッチのクライム・ストーリーという新しい展開をみせ、こちらもロングランとなった。

クリスティー自身も観劇を好んでいたため、『ねずみとり』は初演から十年がたった時点で四、五十回は観ていたという。長期にわたって劇のプロデューサーをつとめたピーター・ソンダーズとは深い信頼関係を築き、「自分の知らない芝居の知識を教えてもらった」と語っている。

65 ブラック・コーヒー
66 ねずみとり
67 検察側の証人
68 蜘蛛の巣
69 招かれざる客
70 海浜の午後
71 アクナーテン

好奇心旺盛な老婦人探偵

〈ミス・マープル〉シリーズ

本名ジェーン・マープル。イギリスの素人探偵。ロンドンから一時間ほどのところにあるセント・メアリ・ミードという村に住んでいる、色白で上品な雰囲気を漂わせる編み物好きの老婦人。村の人々を観察するのが好きで、そのうちに直感力と観察力が発達してしまい、警察も手をやくような難事件を解決するまでになった。新聞の情報に目をくばり、村のゴシップに聞き耳をたて、それらを総合して事件の謎を解いてゆく。家にいながら、あるいは椅子に座りながらゆったりと推理を繰り広げることが多いが、敵に襲われるのもいとわず、みずから危険に飛び込んでいく行動的な面ももつ。

長篇初登場は『牧師館の殺人』（一九三〇）。「殺人をお知らせ申し上げます」という衝撃的な文章が新聞にのり、ミス・マープルがその謎に挑む『予告殺人』（一九五〇）や、その他にも、連作短篇形式をとりミステリ・ファンに高い評価を得ている『火曜クラブ』（一九三二）、『カリブ海の秘密』（一九六四）とその続篇『復讐の女神』（一九七一）などに登場し、最終作『スリーピング・マーダー』（一九七六）まで、息長く活躍した。

35 牧師館の殺人
36 書斎の死体
37 動く指
38 予告殺人
39 魔術の殺人
40 ポケットにライ麦を
41 パディントン発4時50分
42 鏡は横にひび割れて
43 カリブ海の秘密
44 バートラム・ホテルにて
45 復讐の女神
46 スリーピング・マーダー

名探偵の宝庫

〈短篇集〉

クリスティーは、処女短篇集『ポアロ登場』（一九二三）を発表以来、長篇だけでなく数々の名短篇も発表し、二十冊もの短篇集を発表した。ここでもエルキュール・ポアロとミス・マープルは名探偵ぶりを発揮する。ギリシャ神話を題材にとり、英雄ヘラクレスのごとく難事件に挑むポアロを描いた『ヘラクレスの冒険』（一九四七）や、毎週火曜日に様々な人が例会に集まり各人が体験した奇怪な事件を語り推理しあうという趣向のマープルものの『火曜クラブ』（一九三二）は有名。トミー＆タペンスの『おしどり探偵』（一九二九）も多くのファンから愛されている作品。

また、クリスティー作品には、短篇にしか登場しない名探偵がいる。心の専門医の異名を持ち、大きな体、禿頭、度の強い眼鏡が特徴の身上相談探偵パーカー・パイン（『パーカー・パイン登場』〔一九三四〕など）は、官庁で統計収集の事務を行なっていたため、その優れた分類能力で事件を追う。また同じく、ハーリ・クィンも短篇だけに登場する。心理的・幻想的な探偵譚を収めた『謎のクィン氏』（一九三〇）などで活躍する。その名は「道化役者」の意味で、まさに変幻自在、現われてはいつのまにか消え去る神秘的不可思議的な存在として描かれている。恋愛問題が絡んだ事件を得意とするというユニークな特徴をもっている。

ポアロものとミス・マープルものの両方が収められた『クリスマス・プディングの冒険』（一九六〇）や、いわゆる名探偵が登場しない『リスタデール卿の謎』（一九三四）や『死の猟犬』（一九三三）も高い評価を得ている。

51 ポアロ登場
52 おしどり探偵
53 謎のクィン氏
54 火曜クラブ
55 死の猟犬
56 リスタデール卿の謎
57 パーカー・パイン登場
58 死人の鏡
59 黄色いアイリス
60 ヘラクレスの冒険
61 愛の探偵たち
62 教会で死んだ男
63 クリスマス・プディングの冒険
64 マン島の黄金

バラエティに富んだ作品の数々

〈ノン・シリーズ〉

名探偵ポアロもミス・マープルも登場しない作品の中で、最も広く知られているのが『そして誰もいなくなった』(一九三九)である。マザーグースになぞらえて殺人事件が次々と起きるこの作品は、不可能状況やサスペンス性など、クリスティーの本格ミステリ作品の中でも特に評価が高い。日本人の本格ミステリ作家にも多大な影響を与え、多くの読者に支持されてきた。

その他、紀元前二〇〇〇年のエジプトで起きた殺人事件を描いた『死が最後にやってくる』(一九四四)、『チムニーズ館の秘密』(一九二五)に出てきたロンドン警視庁のバトル警視が主役級で活躍する『ゼロ時間へ』(一九四四)、オカルティズムに満ちた『蒼ざめた馬』(一九六一)、スパイ・スリラーの『フランクフルトへの乗客』(一九七〇)や『バグダッドの秘密』(一九五一)などのノン・シリーズがある。

また、メアリ・ウェストマコット名義で『春にして君を離れ』(一九四四)をはじめとする恋愛小説を執筆したことでも知られるが、クリスティー自身は四半世紀近くも関係者に自分が著者であることをもらさないよう箝口令をしいてきた。これは、「アガサ・クリスティー」の名で本を出した場合、ミステリと勘違いして買った読者が失望するのではと配慮したものであったが、多くの読者からは好評を博している。

72 茶色の服の男
73 チムニーズ館の秘密
74 七つの時計
75 愛の旋律
76 シタフォードの秘密
77 未完の肖像
78 なぜ、エヴァンズに頼まなかったのか？
79 殺人は容易だ
80 そして誰もいなくなった
81 春にして君を離れ
82 ゼロ時間へ
83 死が最後にやってくる
84 忘られぬ死
86 暗い抱擁
87 ねじれた家
88 バグダッドの秘密
89 娘は娘
90 死への旅
91 愛の重さ
92 無実はさいなむ
93 蒼ざめた馬
94 ベツレヘムの星
95 終りなき夜に生れつく
96 フランクフルトへの乗客

冒険心あふれるおしどり探偵

〈トミー&タペンス〉

本名トミー・ベレズフォードとタペンス・カウリイ。『秘密機関』（一九二二）で初登場。心優しい復員軍人のトミーと、牧師の娘で病室メイドだったタペンスのふたりは、もともと幼なじみだった。長らく会っていなかったが、第一次世界大戦後、ふたりはロンドンの地下鉄で偶然にもロマンチックな再会をはたす。お金に困っていたので、まもなく「青年冒険家商会」を結成した。この後、結婚したふたりはおしどり夫婦の「ベレズフォード夫妻」となり、共同で探偵社を経営。事務所の受付係アルバートとともに事務所を運営している。トミーとタペンスは素人探偵ではあるが、その探偵術は、数々の探偵小説を読破しているので、事件が起こるとそれら名探偵の探偵術を拝借して謎を解くというユニークなものであった。

『秘密機関』の時はふたりの年齢を合わせても四十五歳にもならなかったが、

最終作の『運命の裏木戸』(一九七三)ではともに七十五歳になっていた。青春時代から老年時代までの長い人生が描かれたキャラクターで、クリスティー自身も、三十一歳から八十三歳までのあいだでシリーズを書き上げている。ふたりの活躍は長篇以外にも連作短篇『おしどり探偵』(一九二九)で楽しむことができる。

ふたりを主人公にした作品が長らく書かれなかった時期には、世界各国の読者からクリスティーに「その後、トミーとタペンスはどうしました? いまはなにをやってます?」と、執筆の要望が多く届いたという逸話も有名。

波瀾万丈の作家人生

〈エッセイ・自伝〉

「ミステリの女王」の名を戴くクリスティーだが、作家になるまでに様々な体験を経てきた。コナン・ドイルのシャーロック・ホームズものを読んでミステリのおもしろさに目覚め、書いた小説をミステリ作家イーデン・フィルポッツに送ってみてもらっていた。その後は声楽家をめざしてパリに留学するが、才能がないとみずから感じ、声楽家の道を断念する。第一次世界大戦時は陸軍病院で篤志看護婦として働き、やがて一九二〇年に『スタイルズ荘の怪事件』を刊行するにいたる。

その後もクリスティーは、出版社との確執、十数年ともに過ごした夫との離婚、種痘ワクチンの副作用で譫妄状態に陥るなど、様々な苦難を経験したがそれを乗り越え、作品を発表し続けた。考古学者のマックス・マローワンと再婚してからは、ともに中近東へ赴き、その体験を創作活動にいかしていた。

当時人気ミステリ作家としてドロシイ・L・セイヤーズがいたが、彼女に対抗して、クリスティーも次々と作品を発表した。特にクリスマスには「クリスマスにはクリスティーを」のキャッチフレーズで、定期的に作品を刊行し、増刷を重ねていた。執筆活動は、三カ月に一作をしあげることを目指していたという。メアリ・ウェストマコット名義で恋愛小説を執筆したり、『カーテン』や『スリーピング・マーダー』を自分の死後に出版する計画をたてるなど、常に読者を楽しませることを意識して作品を発表してきた。

ジャネット・モーガン、H・R・F・キーティングなど多くの作家による評伝・研究書も書かれている。

訳者略歴　東京大学文学部卒，英米文学翻訳家　著書『鏡の中のクリスティー』訳書『火曜クラブ』『愛の旋律』クリスティー，『なぜアガサ・クリスティーは失踪したのか？』ケイド（以上早川書房刊）他多数

Agatha Christie

ブラック・コーヒー
〔小説版〕

〈クリスティー文庫 34〉

二〇〇四年九月十五日　発行
二〇二五年二月十五日　十刷

（定価はカバーに表示してあります）

著者　アガサ・クリスティー
訳者　中《なか》村《むら》妙《たえ》子《こ》
発行者　早川浩
発行所　株式会社 早川書房
郵便番号一〇一-〇〇四六
東京都千代田区神田多町二ノ二
電話　〇三-三二五二-三一一一
振替　〇〇一六〇-三-四七七九九
https://www.hayakawa-online.co.jp

乱丁・落丁本は小社制作部宛お送り下さい。
送料小社負担にてお取りかえいたします。

印刷・三松堂株式会社　製本・株式会社明光社
Printed and bound in Japan
ISBN978-4-15-130034-9 C0197

本書は活字が大きく読みやすい〈トールサイズ〉です。